The Tales of F₁

English Translation with

Original Text in German

CH00349046

Alessandro Baruffi

Copyright © 2016 by Alessandro Baruffi

All rights reserved. This book or any portion thereof may not be reproduced or used in any manner whatsoever without the express written permission of the publisher except for the use of brief quotations in a book review or scholarly journal.

First Printing: 2016
ISBN: 978-1-329-82109-5

Publisher:
LiteraryJoint Press, Philadelphia, PA (USA)
www.literaryjoint.com

Ordering information for U.S. and non-U.S. trade bookstores and wholesalers: special discounts are available on quantity purchases by corporations, associations, educators, and others. For details, contact the publisher at the above listed address.

Cover Art: First page of "Kafka's Letter to His Father" ("Brief an den Vater"), November 1919.

Table of Contents:

A Few Words from the Translator

The present translation was inspired by the principle of remaining faithful to the original German text. Just as a tailor would painstakingly tailor a suit that snugly fits the body, I have conscientiously strived to adhere as closely as possible to the original syntax and structure.

So bright, precise, and crafted to ultimate perfection is Kafka's prose, so astonishingly modern is his message, that a humble translator's literary journey is a very merry one.

On a more personal note, it was refreshingly joyful to have the opportunity to rediscover these great stories yet again, and this time with the watchful and restless eye of the translator. Thus, during my exile in Catalonia and its mild wintry months, I was grateful to delve anew into Kafka's winter— for there is no other season truer to Kafka than this.

A. Baruffi

Barcelona, Catalonia, February 2016

The Wish To Be a Red Indian

If we were only Indians, instantly alert, on the racing horse, leaning into the wind, always jerking with brief quivers on the quivering ground, until the spurs are shed, for there are no spurs, until the reins are thrown away, for there are no reins, and the land unfolding before one's sight is shorn heath, already without horse's neck and horse's head.

Wunsch, Indianer zu werden

Wenn man doch ein Indianer wäre, gleich bereit, und auf dem rennenden Pferde, schief in der Luft, immer wieder kurz erzitterte über dem zitternden Boden, bis man die Sporen ließ, denn es gab keine Sporen, bis man die Zügel wegwarf, denn es gab keine Zügel, und kaum das Land vor sich als glatt gemähte Heide sah, schon ohne Pferdehals und Pferdekopf.

A Message from the Emperor

The Emperor - so it is said - has sent to you, to you alone, a single, miserably insignificant subject, the tiniest shadow lost in the farthest distance from the imperial sun, rightly to you the Emperor has sent an important message from his own deathbed. He made the messenger kneel down by his bed, and whispered his message to his ear; and he deemed it of such importance, that the messenger was urged to repeat it back to the Emperor's ear. By a nod of his head it was confirmed the correctness of what it was said. And before all those witnessing his death (all impeding walls are knocked down and, on the majestic flight of stairs that rises high and wide, the highest ranks of the kingdom stand in a circle) before all of them he dispatched the   messenger.

Thus immediately started he off; he is a robust man, indefatigable; maneuvering one arm or the other he makes his way through the crowd; when finding resistance, he points to his breast on which stands the insignia of the sun, so that he can proceed with more ease than anyone else could. Yet it is such an enormous crowd; and its dwellings have no end. Had he only free way, out in the open field, how would he fly! And soon you would hear the marvelous knocking of his fist on your   door.

Yet, how toils he in vain! He is still trying to open his way in the private rooms of the innermost palace; he will never be able to go past them; and even if he were able to, this wouldn't be anything at all: there are still all the courtyards to be crossed; and beyond them the second palace and then again, stairs and courtyards, and so on for thousands of years; and even if he were able to dart out of the last door - but this can never, never actually happen - then there is the entire imperial city before him, the very center of world, swollen with all of its detritus. No one was ever able to go through it, even more so when carrying the message of a dead man. Yet you sit by your window and dream of it, when the evening falls.

Eine kaiserliche Botschaft

Der Kaiser - so heißt es - hat dir, dem Einzelnen, dem jämmerlichen Untertanen, dem winzig vor der kaiserlichen Sonne in die fernste Ferne geflüchteten Schatten, gerade dir hat der Kaiser von seinem Sterbebett aus eine Botschaft gesendet. Den Boten hat er beim Bett niederknien lassen und ihm die Botschaft ins Ohr geflüstert; so sehr war ihm an ihr gelegen, daß er sich sie noch ins Ohr wiedersagen ließ. Durch Kopfnicken hat er die Richtigkeit des Gesagten bestätigt. Und vor der ganzen Zuschauerschaft seines Todes - alle hindernden Wände werden niedergebrochen und auf den weit und hoch sich schwingenden Freitreppen stehen im Ring die Großen des Reichs - vor allen diesen hat er den Boten abgefertigt. Der Bote hat sich gleich auf den Weg gemacht; ein kräftiger, ein unermüdlicher Mann; einmal diesen, einmal den andern Arm vorstreckend schafft er sich Bahn durch die Menge; findet er Widerstand, zeigt er auf die Brust, wo das Zeichen der Sonne ist; er kommt auch leicht vorwärts, wie kein anderer. Aber die Menge ist so groß; ihre Wohnstätten nehmen kein Ende. Öffnete sich freies Feld, wie würde er fliegen und bald wohl hörtest du das herrliche Schlagen seiner Fäuste an deiner Tür. Aber statt dessen, wie nutzlos müht er sich ab; immer noch zwängt er sich durch die Gemächer des innersten Palastes; niemals wird er sie überwinden; und gelänge ihm dies, nichts wäre gewonnen; die Treppen hinab müßte er sich kämpfen; und gelänge ihm dies, nichts wäre gewonnen; die Höfe wären zu durchmessen; und nach den Höfen der zweite umschließende Palast; und wieder Treppen und Höfe; und wieder ein Palast; und so weiter durch Jahrtausende; und stürzte er endlich aus dem äußersten Tor - aber niemals, niemals kann es geschehen -, liegt erst die Residenzstadt vor ihm, die Mitte der Welt, hochgeschüttet voll ihres Bodensatzes. Niemand dringt hier durch und gar mit der Botschaft eines Toten. - Du aber sitzt an deinem Fenster und erträumst sie dir, wenn der Abend kommt.

Before the Law

Before the law stands a doorkeeper. A countryman comes to this doorkeeper and asks for permission to be granted access to the law. But the doorkeeper answers that, for now, it is not possible. Having reflected upon it, the man asks if that would be possible later on. "Maybe," says the doorkeeper, "but not now." Since the doorway to the law, as always, is open, and the doorkeeper shifts a bit, the man stoops as to catch a glimpse through the open door. The doorkeeper notices it and guffaws, then says: "If it is so attractive, then try and go in, in spite of my denial. Watch out though: I am powerful. And I am only the last of all doorkeepers. Doorkeepers stand at the entry of each room, and each is more powerful than the previous one. Already the sight of the third doorkeeper is unbearable to myself." The countryman had not anticipated such difficulties: the law, in his own view, shall be accessible to anyone. Yet, now, observing more closely the doorkeeper bundled in his fur, his great beak of a nose, the long and thin beard kept in the fashion of the Tartars, the man decides that it's in his own interest to wait until permission is given. The doorkeeper offers him a stool and makes him wait by the door. For days and years remains he seated right there. Many a time he tries to be let in, wearing the doorkeeper down with his prayers. The doorkeeper often puts him under interrogations, asking him about his country and many other things, but these are questions asked from a distance, the way great people do, and ultimately he always ends up telling that the entry is denied. The man, very well equipped when he began his journey, draws from all of his possessions, regardless how precious they can be, in attempt to corrupt the doorkeeper, who accepts all bribes, warning: "I only accept so that you shall not think you might have overlooked anything." During all these years, the man observes almost incessantly the doorkeeper; he forgets that there are many others, and this very first one appears to him as the only obstacle to the law. He laments over his misfortune: in the first years, he does so aloud and disregardfully, then, as he grows old, by simply mumbling to himself. He grows dumb and, having studied the doorkeeper for long years, as he spots a flea on his fur's collar, he entreats even the flea to intercede so that the doorkeeper may change his mind. In the end, the man's eyesight becomes weak, and he wonders whether indeed everything has grown darker around him, or it's simply that his eyes are betraying him. Yet, now, in the darkness, he perceives an inextinguishable gleam through the chink the law's door. He has little left to live. In his mind, before his death, all the notions gathered in such a long time draw to a single question that was never asked to the doorkeeper; so he waves at him, for the stiffness that overwhelms his body does not allow him to get up. The doorkeeper has to greatly stoop down to him, since the difference in their heights has gradually changed to a disadvantage to the man. "What else do you want to know?" asks the doorkeeper, "you really are insatiable."

"All men strive to come to the law," says the man, "then how comes that, in many years, other than me, no one has ever asked to enter?" The doorkeeper realizes how the man is at his very end, and in order to reach his already diminished sense of hearing, he shouts: "No one else could be allowed through this door, to you alone its access was reserved. And now I go and close it shut."

Vor dem Gesetz

Vor dem Gesetz steht ein Türhüter. Zu diesem Türhüter kommt ein Mann vom Lande und bittet um Eintritt in das Gesetz. Aber der Türhüter sagt, daß er ihm jetzt den Eintritt nicht gewähren könne. Der Mann überlegt und fragt dann, ob er also später werde eintreten dürfen. »Es ist möglich«, sagt der Türhüter, »jetzt aber nicht.« Da das Tor zum Gesetz offensteht wie immer und der Türhüter beiseite tritt, bückt sich der Mann, um durch das Tor in das Innere zu sehn. Als der Türhüter das merkt, lacht er und sagt: »Wenn es dich so lockt, versuche es doch, trotz meines Verbotes hineinzugehn. Merke aber: Ich bin mächtig. Und ich bin nur der unterste Türhüter. Von Saal zu Saal stehn aber Türhüter, einer mächtiger als der andere. Schon den Anblick des dritten kann nicht einmal ich mehr ertragen.« Solche Schwierigkeiten hat der Mann vom Lande nicht erwartet; das Gesetz soll doch jedem und immer zugänglich sein, denkt er, aber als er jetzt den Türhüter in seinem Pelzmantel genauer ansieht, seine große Spitznase, den langen, dünnen, schwarzen tatarischen Bart, entschließt er sich, doch lieber zu warten, bis er die Erlaubnis zum Eintritt bekommt. Der Türhüter gibt ihm einen Schemel und läßt ihn seitwärts von der Tür sich niedersetzen. Dort sitzt er Tage und Jahre. Er macht viele Versuche, eingelassen zu werden, und ermüdet den Türhüter durch seine Bitten. Der Türhüter stellt öfters kleine Verhöre mit ihm an, fragt ihn über seine Heimat aus und nach vielem andern, es sind aber teilnahmslose Fragen, wie sie große Herren stellen, und zum Schlusse sagt er ihm immer wieder, daß er ihn noch nicht einlassen könne. Der Mann, der sich für seine Reise mit vielem ausgerüstet hat, verwendet alles, und sei es noch so wertvoll, um den Türhüter zu bestechen. Dieser nimmt zwar alles an, aber sagt dabei: »Ich nehme es nur an, damit du nicht glaubst, etwas versäumt zu haben.« Während der vielen Jahre beobachtet der Mann den Türhüter fast ununterbrochen. Er vergißt die andern Türhüter, und dieser erste scheint ihm das einzige Hindernis für den Eintritt in das Gesetz. Er verflucht den unglücklichen Zufall, in den ersten Jahren rücksichtslos und laut, später, als er alt wird, brummt er nur noch vor sich hin. Er wird kindisch, und, da er in dem jahrelangen

Studium des Türhüters auch die Flöhe in seinem Pelzkragen erkannt hat, bittet er auch die Flöhe, ihm zu helfen und den Türhüter umzustimmen. Schließlich wird sein Augenlicht schwach, und er weiß nicht, ob es um ihn wirklich dunkler wird, oder ob ihn nur seine Augen täuschen. Wohl aber erkennt er jetzt im Dunkel einen Glanz, der unverlöschlich aus der Türe des Gesetzes bricht. Nun lebt er nicht mehr lange. Vor seinem Tode sammeln sich in seinem Kopfe alle Erfahrungen der ganzen Zeit zu einer Frage, die er bisher an den Türhüter noch nicht gestellt hat. Er winkt ihm zu, da er seinen erstarrenden Körper nicht mehr aufrichten kann. Der Türhüter muß sich tief zu ihm hinunterneigen, denn der Größenunterschied hat sich sehr zuungunsten des Mannes verändert. »Was willst du denn jetzt noch wissen?« fragt der Türhüter, »du bist unersättlich. « »Alle streben doch nach dem Gesetz«, sagt der Mann, »wieso kommt es, daß in den vielen Jahren niemand außer mir Einlaß verlangt hat?« Der Türhüter erkennt, daß der Mann schon an seinem Ende ist, und, um sein vergehendes Gehör noch zu erreichen, brüllt er ihn an: »Hier konnte niemand sonst Einlaß erhalten, denn dieser Eingang war nur für dich bestimmt. Ich gehe jetzt und schließe ihn.«

The Next Village

My grandfather used to say: "Life is astonishingly short. Now, in my remembrance, it dwindles itself to such an extent, that for example, I can hardly comprehend how a young man can decide to ride to the next village without fearing that - notwithstanding unfortunate accidents - even the time of an ordinary, happy life is for such a ride far from sufficient."

Das nächste Dorf

Mein Großvater pflegte zu sagen: »Das Leben ist erstaunlich kurz. Jetzt in Erinnerung drängt es sich mir so zusammen, daß ich zum Beispiel kaum begreife, wie ein junger Mensch sich entschließen kann, ins nächste Dorf zu reiten, ohne zu fürchten, daß - von unglücklichen Zufällen ganz abgesehen - schon die Zeit des gewöhnlichen, glücklich ablaufenden Lebens für einen solchen Ritt bei weitem nicht hinreicht.«

The Sudden Walk

When one seems to have resolutely decided to spend the evening at home, have put on the house jacket, sat down after dinner, with a light at the table to the piece of work, or to the game, that usually precedes going to bed, when the weather outside is inclement that staying indoors seems natural, and when he has already been sitting quietly at the table for so long that his departure would astonish everyone, when, besides, the staircase is pitch-dark and the front door locked, and despite of all that one has started up in a sudden burst of restlessness, changed the jacket, quickly dressed for the street, explaining that he must go out, and with a few short words of leave-taking actually goes out, slamming the apartment door more or less hastily, according to the degree of displeasure one reckons has left behind, and when he finds himself once more in the street with limbs that are now swinging freely, as a result of the unexpected liberty offered to them, when following this decisive action one feels concentrated within himself all the potentialities of decisive actions, when recognizing with more than the ordinary meaning that his power is greater than he needs to accomplish effortlessly the swiftest of changes and to cope with it, when in such mindset one goes striding down the long alleys —then for that evening one has completely resigned from his family, which fades into unreality, while he, himself, quite firmly, a sharp and black outline, slapping himself on the back of his thighs, grows into his true form.

All this is even reinforced, when at such a late hour in the evening one visits a friend to see how he is doing.

Der plötzliche Spaziergang

Wenn man sich am Abend endgültig entschlossen zu haben scheint, zu Hause zu bleiben, den Hausrock angezogen hat, nach dem Nachtmahl beim beleuchteten Tische sitzt und jene Arbeit oder jenes Spiel vorgenommen hat, nach dessen Beendigung man gewohnheitsgemäß schlafen geht, wenn draußen ein unfreundliches Wetter ist, welches das Zuhausebleiben selbstverständlich macht, wenn man jetzt auch schon so lange bei Tisch stillgehalten hat, daß das Weggehen allgemeines Erstaunen hervorrufen müßte, wenn nun auch schon das Treppenhaus dunkel und das Haustor gesperrt ist, und wenn man nun trotz alledem in einem plötzlichen Unbehagen aufsteht, den Rock wechselt, sofort straßenmäßig angezogen erscheint, weggehen zu müssen erklärt, es nach kurzem Abschied auch tut, je nach der Schnelligkeit, mit der man die Wohnungstür zuschlägt, mehr oder weniger Ärger zu hinterlassen glaubt, wenn man sich auf der Gasse wiederfindet, mit Gliedern, die diese schon unerwartete

Freiheit, die man ihnen verschafft hat, mit besonderer Beweglichkeit beantworten, wenn man durch diesen einen Entschluß alle Entschlußfähigkeit in sich gesammelt fühlt, wenn man mit größerer als der gewöhnlichen Bedeutung erkennt, daß man ja mehr Kraft als Bedürfnis hat, die schnellste Veränderung leicht zu bewirken und zu ertragen, und wenn man so die langen Gassen hinläuft,—dann ist man für diesen Abend gänzlich aus seiner Familie ausgetreten, die ins Wesenlose abschwenkt, während man selbst, ganz fest, schwarz vor Umrissenheit, hinten die Schenkel schlagend, sich zu seiner wahren Gestalt erhebt. Verstärkt wird alles noch, wenn man zu dieser späten Abendzeit einen Freund aufsucht, um nachzusehen, wie es ihm geht.

The Trees

For we are like tree trunks in the snow. Apparently, they lay just resting, and with a little prod one shall be able to push them away. No, one cannot, because they are firmly connected with the ground. But look, even that is just appearance.

Die Bäume

Denn wir sind wie Baumstämme im Schnee. Scheinbar liegen sie glatt auf, und mit kleinem Anstoß sollte man sie wegschieben können. Nein, das kann man nicht, denn sie sind fest mit dem Boden verbunden. Aber sieh, sogar das ist nur scheinbar.

The Street Window

Whoever leads a solitary life and yet from time to time wants to connect somewhere, whoever, according to changes in the time of day, the weather, the professional circumstances, and the like, suddenly wishes to see any arm at all to which he could cling to, — then he will not be able to get by for long without a window looking onto the street. And if his mood is such that, just as a tired man, he does not desire anything, his eyes turning from his audience to the sky and back again, at his window sill, not wanting to look out and having thrown his head up a little, even then the horses below will draw him down into their train of wagons and tumult, and so at last into the human concord.

Das Gassenfenster

Wer verlassen lebt und sich doch hie und da irgendwo anschließen möchte, wer mit Rücksicht auf die Veränderungen der Tageszeit der Witterung, der Berufsverhältnisse und dergleichen ohne weiteres irgendeinen beliebigen Arm sehen will, an dem er sich halten könnte, — der wird es ohne ein Gassenfenster nicht lange treiben. Und steht es mit ihm so, daß er gar nichts sucht und nur als müder Mann, die Augen auf und ab zwischen Publikum und Himmel, an seine Fensterbrüstung tritt, und er will nicht und hat ein wenig den Kopf zurückgeneigt, so reißen ihn doch unten die Pferde mit in ihr Gefolge von Wagen und Lärm und damit endlich der menschlichen Eintracht zu.

Reflections for Gentlemen-Jockeys, or For the Consideration of Amateur Jockeys

When you reflect upon it, to be first in a race is not something to be desired.

At the outbreak of the orchestra, the glory of being recognized as the best rider in the country is too strong of a pleasure not to bring some remorse the next morning.

The envy of your opponents, cunning and highly influential men, must hurt you in the narrow enclosure you now ride through in the plain area, which soon became empty, except for some stragglers of the previous race, small figures against edge of the horizon.

Many of your friends rushing to collect their winnings and only cry 'Hurrah!' to you over their shoulders from the distant counters; your best friends laid no bet on your horse, fearing that they might get angry with you if you lost, and now that your horse was first and they have won nothing, they turn away as you pass and rather look along the grandstands.

Your rivals behind you, firmly in the saddle, strive to ignore the bad luck that has befallen them and the injustice that was somehow inflicted upon them; they take a fresh look at things, as if a different race were about to start, and this time a serious one after such a child's play.

To many ladies the winner appears ridiculous, because he is swelling with importance and yet does seem not to know what to do with the never-ending handshaking, saluting, bowing, and waving, while the defeated keep their mouths shut and lightly pat the necks of their whinnying horses.

And finally, from the presently overcast sky, it even begins to rain.

Zum Nachdenken für Herrenreiter

Nichts, wenn man es überlegt, kann dazu verlocken, in einem Wettrennen der erste sein zu wollen.

Der Ruhm, als der beste Reiter eines Landes anerkannt zu werden, freut im ersten Krawall des Orchesters zu stark, als daß sich am Morgen danach die Reue verhindern ließe.

Der Neid der Gegner, listiger, ziemlich einflußreicher Leute, muß uns in dem engen Spalier schmerzen, das wir nun durchreiten nach jener Ebene, die bald vor uns leer war bis auf einige überrundete Reiter, die klein gegen den Rand des Horizonts anritten.

Viele unserer Freunde eilen den Gewinn zu beheben und nur über die Schultern weg schreien sie von den entlegenen Schaltern ihr Hurra zu uns; die besten Freunde aber haben gar nicht auf unser Pferd gesetzt, da sie fürchteten, käme es zum Verluste, müßten sie uns böse sein, nun aber, da unser Pferd das erste war und sie nichts gewonnen haben, drehn sie sich um, wenn wir vorüberkommen, und schauen lieber die Tribünen entlang.

Die Konkurrenten rückwärts, fest im Sattel, suchen das Unglück zu überblicken, das sie getroffen hat, und das Unrecht, das ihnen irgendwie zugefügt wird; sie nehmen ein frisches Aussehen an, als müsse ein neues Rennen anfangen und ein ernsthaftes nach diesem Kinderspiel.

Vielen Damen scheint der Sieger lächerlich, weil er sich aufbläht und doch nicht weiß, was anzufangen mit dem ewigen Händeschütteln, Salutieren, sich Niederbeugen und in die Ferne grüßen, während die Besiegten den Mund geschlossen haben und die Hälse ihrer meist wiehernden Pferde leichthin klopfen.

Endlich fängt es gar aus dem trüb gewordenen Himmel zu regnen an.

The Way Home

You see the persuasiveness of the air after the storm! My merits become evident and overwhelm me, when I don not put up any resistance.

I walk and my pace is the pace of this side of the street, this street, this neighborhood. I am responsible, and rightly so, for all attacks against doors, on the boards of the tables, for all toasts drunk, for the lovers in their beds, in the scaffolding of the new buildings, pressed against the walls of houses in dark alleys, on the divans of the brothels.

I weigh my past against my future, but find both excellent, no one can give either the preference and only the injustice of Providence, which favors me so, I have to blame. Only as I step into my room, I'm a little thoughtful, without having found anything worth reflecting upon as I climbed the stairs. It helps me not much, that I open the window completely and that in a garden the music is still playing.

Der Nachhause Weg

Man sehe die Überzeugungskraft der Luft nach dem Gewitter! Meine Verdienste erscheinen mir und überwältigen mich, wenn ich mich auch nicht sträube.

Ich marschiere und mein Tempo ist das Tempo dieser Gassenseite, dieser Gasse, dieses Viertels. Ich bin mit Recht verantwortlich für alle Schläge gegen Türen, auf die Platten der Tische, für alle Trinksprüche, für die Liebespaare in ihren Betten, in den Gerüsten der Neubauten, in dunklen Gassen an die Häusermauern gepreßt, auf den Ottomanen der Bordelle.

Ich schätze meine Vergangenheit gegen meine Zukunft, finde aber beide vortrefflich, kann keiner von beiden den Vorzug geben und nur die Ungerechtigkeit der Vorsehung, die mich so begünstigt, muß ich tadeln. Nur als ich in mein Zimmer trete, bin ich ein wenig nachdenklich, aber ohne daß ich während des Treppensteigens etwas Nachdenkenswertes gefunden hätte. Es hilft mir nicht viel, daß ich das Fenster gänzlich öffne und daß in einem Garten die Musik noch spielt.

The Rejection (or The Refusal)

When I meet a beautiful girl, and entreat her: "Be so good, come with me," and she walks past in silence, this is what she means by that: "You're no Duke with a flying name, no broad American with Indian build, with horizontal resting eyes, a skin tempered by the air of the prairies and the rivers that flow through them, you have never journeyed to the great lakes and on them, wherever they may be I do not know. So why, pray, should a beautiful girl like myself go with you?"

"You forget that no automobile is swinging you through the street; I see no gentlemen, pressed in their clothes, whispering their blessings, walking in exact semicircle behind you; your breasts are well laced into your bodice, but your thighs and hips compensate for such restraint; you are wearing a taffeta dress with pleated folds that made our delight last Autumn, and yet you smile — with that mortal danger onto the body." "Yes, we are both right, and to keep us from being irrevocably aware of it, isn't it better that we rather just go our own way home?"

Die Abweisung

Wenn ich einem schönen Mädchen begegne und sie bitte: »Sei so gut, komm mit mir« und sie stumm vorübergeht, so meint sie damit:

»Du bist kein Herzog mit fliegendem Namen, kein breiter Amerikaner mit indianischem Wuchs, mit waagrecht ruhenden Augen, mit einer von der Luft der Rasenplätze und der sie durchströmenden Flüsse massierten Haut, du hast keine Reisen gemacht zu den großen Seen und auf ihnen, die ich weiß nicht wo zu finden sind. Also ich bitte, warum soll ich, ein schönes Mädchen, mit dir gehn? «

»Du vergißt, dich trägt kein Automobil in langen Stößen schaukelnd durch die Gasse; ich sehe nicht die in ihre Kleider gepreßten Herren deines Gefolges, die, Segenssprüche für dich murmelnd, in genauem Halbkreis hinter dir gehn; deine Brüste und im Mieder gut geordnet, aber deine Schenkel und Hüften entschädigen sich für jene Enthaltsamkeit; du trägst ein Taffetkleid mit plissierten Falten, wie es im vorigen Herbste uns durchaus allen Freude machte, und doch lächelst du — diese Lebensgefahr auf dem Leibe — bisweilen.«

»Ja, wir haben beide recht und, um uns dessen nicht unwiderleglich bewußt zu werden, wollen wir, nicht wahr, lieber jeder allem nach Hause gehn. «

Bachelor's Ill Luck

It seems so dreadful to remain a bachelor, when one is old, striving to keep one's dignity while begging for an invitation, whenever one wants to spend an evening with people; to be ill and for weeks, from the corner of the bed, to look the empty room; say goodbye always before the front door; never run up a stairway beside one's wife; to have in one's room only side doors that lead into uknown apartments; having to carry home by hand his supper; having to admire other people's children and not be allowed to repeat constantly: "I have none;" to conform in behavior and appearance to one or two bachelors remembered from youth's memories.

It will be so, except that in reality, today and even later, one will stand, with his own body and a real head, thus also a forehead, to slap at.

Das Unglück des Junggesellen

Es scheint so arg, Junggeselle zu bleiben, als alter Mann unter schwerer Wahrung der Würde um Aufnahme zu bitten, wenn man einen Abend mit Menschen verbringen will, krank zu sein und aus dem Winkel seines Bettes wochenlang das leere Zimmer anzusehn, immer vor dem Haustor Abschied zu nehmen, niemals neben seiner Frau sich die Treppe hinaufzudrängen, in seinem Zimmer nur Seitentüren zu haben, die in fremde Wohnungen führen, sein Nachtmahl in einer Hand nach Hause zu tragen, fremde Kinder anstaunen zu müssen und nicht immerfort wiederholen zu dürfen: »Ich habe keine«, sich im Aussehn und Benehmen nach ein oder zwei Junggesellen der Jugenderinnerungen auszubilden.

So wird es sein, nur daß man auch in Wirklichkeit heute und später selbst dastehen wird, mit einem Körper und einem wirklichen Kopf, also auch einer Stirn, um mit der Hand an sie zu schlagen.

On the Tram (The Passenger)

I stand on the platform of a tramway car and I feel profoundly uncertain as to my position in this world, in this city, and in my family. Not even by accident I could tell which sensible demands I might set forward rightly. I can not justify to myself the fact that I stand on this platform, I hold to this strap, I let myself be carried by this car, that people avoid the tram, or stride on quietly, or stops before the shops' windows. No one ask me the reason, but that is irrelevant.

The car approaches a stop; a girl goes towards the exit, ready to alight. She appears to me so distinctly, as if I were touching her. She is dressed in black, the skirt's folds almost do not move, the blouse is tight and has a white lace collar, the left hand she holds flat against the wall, the umbrella in her right hand is on the second step from the bottom. Her face is brown, her nose pressed at the sides, ends in a rounded and wide shape. She has a lot of brown hair and on her right temple her hair is swept aside. Her small ear adheres closely, but I can see, as I am near, the whole back of the ear and its shade at the joint.

Then I asked myself: why is it that she is not surprised about herself, and keeps her mouth shut and says nothing about it?

Der Fahrgast

Ich stehe auf der Plattform des elektrischen Wagens und bin vollständig unsicher in Rücksicht meiner Stellung in dieser Welt, in dieser Stadt, in meiner Familie. Auch nicht beiläufig könnte ich angeben, welche Ansprüche ich in irgendeiner Richtung mit Recht vorbringen könnte. Ich kann es gar nicht verteidigen, daß ich auf dieser Plattform stehe, mich an dieser Schlinge halte, von diesem Wagen mich tragen lasse, daß Leute dem Wagen ausweichen oder still gehn, oder vor den Schaufenstern ruhn. — Niemand verlangt es ja von mir, aber das ist gleichgültig.

Der Wagen nähert sich einer Haltestelle, ein Mädchen stellt sich nahe den Stufen, zum Aussteigen bereit. Sie erscheint mir so deutlich, als ob ich sie betastet hätte. Sie ist schwarz gekleidet, die Rockfalten bewegen sich fast nicht, die Bluse ist knapp und hat einen Kragen aus weißer klemmaschiger Spitze, die linke Hand hält sie flach an die Wand, der Schirm in ihrer Rechten steht auf der zweitobersten Stufe. Ihr Gesicht ist braun, die Nase, an den Seiten schwach gepreßt, schließt rund und breit ab. Sie hat viel braunes Haar und verwehte Härchen an der rechten Schläfe. Ihr kleines Ohr liegt eng an, doch sehe ich, da ich nahe stehe, den ganzen Rücken der rechten Ohrmuschel und den Schatten an der Wurzel.

Ich fragte mich damals: Wieso kommt es, daß sie nicht über sich verwundert ist, daß sie den Mund geschlossen hält und nichts dergleichen sagt?

Clothes

Often when I see clothes with multiple pleats, ruffles, and ornaments that fit so smoothly a beautiful body, I think that they will not stay like this for a long time, but will get creases that can not be ironed out, will collect so thick a dust in the ornament that it can not be brushed away, and that no one will want to look so unhappy and ridiculous, to wear every day the same precious dress, and undress in the evening.

But I see girls, who certainly are pretty and often show such lovely muscles and delicate bones and smooth skin and masses of thin hair, and yet appear every day in this one natural fancy dress, always propping the same face in the same palms and let it be reflected in the mirror.

Only at times, in the evening when they come home late from a party, looking in the mirror, it appears to them as worn out, bloated, dusty, already seen by everyone, and no longer wearable again.

Kleider

Oft wenn ich Kleider mit vielfachen Falten, Rüschen und Behängen sehe, die über schönen Körper schön sich legen, dann denke ich, daß sie nicht lange so erhalten bleiben, sondern Falten bekommen, nicht mehr geradezuglätten, Staub bekommen, der, dick in der Verzierung, nicht mehr zu entfernen ist, und daß niemand so traurig und lächerlich sich wird machen wollen, täglich das gleiche kostbare Kleid früh anzulegen und abends auszuziehn.

Doch sehe ich Mädchen, die wohl schön sind und vielfach reizende Muskeln und Knöchelchen und gespannte Haut und Massen dünner Haare zeigen, und doch tagtäglich in diesem einen natürlichen Maskenanzug erscheinen, immer das gleiche Gesicht in die gleichen Handflächen legen und von ihrem Spiegel widerscheinen lassen.

Nur manchmal am Abend, wenn sie spät von einem Feste kommen, scheint es ihnen im Spiegel abgenützt, gedunsen, verstaubt, von allen schon gesehn und kaum mehr tragbar.

Resolutions

To rise from a miserable mood, even if you have to do it by sheer strength of will, should be easy. I force myself out of my chair, stride around the table, move a bit my head and neck, make my eyes sparkle, tighten the muscles around them. Working against the true feelings, I welcome A. enthusiastically, when he comes to see me, friendly tolerate B. in my room, swallow in long sips all that is said at C., in spite of whatever pain and trouble this is causing to me. But even if I manage that, one single slip, which can never be avoided, and the whole thing will falter, easy and difficult alike, and I'll have to turn around in circles. Therefore, it remains the best advice to accept everything, behave as a heavy mass, and feel as being blown away, taking no unnecessary step, stare at the other with animal look, feel no remorse, in short, with one's own hands throttle down whatever ghostly life is remained, that is, to enlarge the ultimate peace of the graveyard and let nothing else exist besides that. A characteristic movement of such a state is the run of the little finger on the eyebrows.

Entschlüsse

Aus einem elenden Zustand sich zu erheben, muß selbst mit gewollter Energie leicht sein. Ich reiße mich vom Sessel los, umlaufe den Tisch, mache Kopf und Hals beweglich, bringe Feuer in die Augen, spanne die Muskeln um sie herum. Arbeite jedem Gefühl entgegen, begrüße A. stürmisch, wenn er jetzt kommen wird, dulde B. freundlich in meinem Zimmer, ziehe bei C. alles, was gesagt wird, trotz Schmerz und Mühe mit langen Zügen in mich hinein.

Aber selbst wenn es so geht, wird mit jedem Fehler, der nicht ausbleiben kann, das Ganze, das Leichte und das Schwere, stocken, und ich werde mich im Kreise zurückdrehen müssen.

Deshalb bleibt doch der beste Rat, alles hinzunehmen, als schwere Masse sich verhalten, und fühle man sich selbst fortgeblasen, keinen unnötigen Schritt sich ablocken lassen, den anderen mit Tierblick anschaun, keine Reue fühlen, kurz, das, was vom Leben als Gespenst noch übrig ist, mit eigener Hand niederdrücken, das heißt, die letzte grabmäßige Ruhe noch vermehren und nichts außer ihr mehr bestehen lassen.

Eine charakteristische Bewegung eines solchen Zustandes ist das Hinfahren des kleinen Fingers über die Augenbrauen.

My Destination

I called for my horse to be brought from the stable. The servant did not understand me. I went into the stable myself, saddled my horse and mounted. In the distance I heard blowing a trumpet, I asked him what that meant. He knew nothing and had heard nothing. At the gate he stopped me, asking: "Where are you riding to, Sir?" "I don't know," I said, "Only away from here, away from here. Always away from here, only by doing so can I reach my destination." "And so you know your destination?" he asked. "Yes," I answered, "didn't I say so? Away-From-Here, that is my goal."

"You have no provisions with you," he said. "I don't need any," I said. "The journey is so long that I will die of hunger if I do not get something along the way. No provisions can save me. Fortunately, it is a truly incredible journey."

Der Aufbruch

Ich befahl mein Pferd aus dem Stall zu holen. Der Diener verstand mich nicht. Ich ging selbst in den Stall, sattelte mein Pferd und bestieg es. In der Ferne hörte ich eine Trompete blasen, ich fragte ihn, was das bedeutete. Er wusste nichts und hatte nichts gehört. Beim Tore hielt er mich auf und fragte: »Wohin reitet der Herr?« »Ich weiß es nicht«, sagte ich, »nur weg von hier, nur weg von hier. Immerfort weg von hier, nur so kann ich mein Ziel erreichen.« »Du kennst also dein Ziel«, fragte er. »Ja«, antwortete ich, »ich sagte es doch: ›Weg-von-hier‹ – das ist mein Ziel.« »Du hast keinen Eßvorrat mit«, sagte er. »Ich brauche keinen«, sagte ich, »die Reise ist so lang, daß ich verhungern muß, wenn ich auf dem Weg nichts bekomme. Kein Eßvorrat kann mich retten. Es ist ja zum Glück eine wahrhaft ungeheure Reise.«

The Preoccupations of a Family Man

Some say the word Odradek is of Slavonic origin, and try to explain on that basis the origin of that word. Others again believe it is of German origin, only influenced by Slavonic. The uncertainty of both interpretations allows one to safely assume that neither is accurate, especially as neither of them provides the actual meaning of the word.

Of course, no one would deal with such studies if there were not actually a being named Odradek. At first glance it looks like a flat star-shaped spool of thread, and indeed it does seem covered with thread; to be sure, only ragged, old, knotted and entangled pieces of the most varied sorts and colors. But it is not only a spool, for a small wooden crossbar sticks out of the middle of the star, and another tiny rod is joined to that at a right angle. With the help of this latter rod on one side, and of one of the points of the star on the other side, the whole thing can stand upright on two legs. One is tempted to believe that the creature had once some convenient form and now it is just a broken remnant. However, this seems not to be the case; at least there is no sign of it; nowhere can one see additions or fractures that would indicate anything of the sort. Although the whole thing seems a nonsense, however, it is concluded in his own way. Nothing more precise can be said either, because Odradek is extraordinarily nimble and difficult to catch. He lurks in the attic, in the staircase, in the corridors, in the entry. Sometimes one does not see him for months; he has presumably moved into other houses; but then he infallibly comes faithfully back to our house. Sometimes, when you step out the door, he's right there and leans against the banisters, and you feel inclined to speak to him. Of course, one would not pose difficult questions, but treats him - given his his size - as a child. "What's your name?" one asks him. "Odradek" says he. "And where do you live?" "No fixed abode," he says and laughs; but it's just a laugh that can be produced by someone with no lungs. It sounds a bit like the rustle of fallen leaves. So the conversation usually ends like that. However, even such simple answers are not always obtained; often he remains a long time in silence, as the wood, which he seems to be made of. In vain wonder I what will happen to him. Can he actually die? Everything that dies, has some kind of goal, has some sort of activity by which he has worn himself out; this is not case with Odradek. Perhaps, shall he someday still be rolling dragging his thread down the stairs at the feet of my children, and my grandchildren? Obviously, he hurts nobody; but the idea that he should even survive me, gives me almost a pain.

Die Sorge des Hausvaters

Die einen sagen, das Wort Odradek stamme aus dem Slawischen und sie suchen auf Grund dessen die Bildung des Wortes nachzuweisen. Andere wieder meinen, es stamme aus dem Deutschen vom Slawischen sei es nur beeinflußt. Die Unsicherheit beider Deutungen aber läßt wohl mit Recht darauf schließen, daß keine zutrifft, zumal man auch mit keiner von ihnen einen Sinn des Wortes finden kann.

Natürlich würde sich niemand mit solchen Studien beschäftigen, wenn es nicht wirklich ein Wesen gäbe, das Odradek heißt. Es sieht zunächst aus wie eine flache sternartige Zwirnspule, und tatsächlich scheint es auch mit Zwirn bezogen; allerdings dürften es nur abgerissene, alte, aneinandergeknotete, aber auch ineinanderverfitzte Zwirnstücke von Verschiedenster Art und Farbe sein. Es ist aber nicht nur eine Spule, sondern aus der Mitte des Sternes kommt ein kleines Querstäbchen hervor und an dieses Stäbchen fügt sich dann im rechten Winkel noch eines. Mit Hilfe dieses letzteren Stäbchens auf der einen Seite, und einer der Ausstrahlungen des Sternes auf der anderen Seite, kann das Ganze wie auf zwei Beinen aufrecht stehen.

Man wäre versucht zu glauben, dieses Gebilde hätte früher irgendeine zweckmäßige Form gehabt und jetzt sei es nur zerbrochen. Dies scheint aber nicht der Fall zu sein; wenigstens findet sich kein Anzeichen dafür; nirgends sind Ansätze oder Bruchstellen zu sehen, die auf etwas Derartiges hinweisen würden; das Ganze erscheint zwar sinnlos, aber in seiner Art abgeschlossen. Näheres läßt sich übrigens nicht darüber sagen, da Odradek außerordentlich beweglich und nicht zu fangen ist.

Er hält sich abwechselnd auf dem Dachboden, im Treppenhaus, auf den Gängen, im Flur auf. Manchmal ist er monatelang nicht zu sehen; da ist er wohl in andere Häuser übersiedelt; doch kehrt er dann unweigerlich wieder in unser Haus zurück. Manchmal, wenn man aus der Tür tritt und er lehnt gerade unten am Treppengeländer, hat man Lust, ihn anzusprechen. Natürlich stellt man an ihn keine schwierigen Fragen, sondern behandelt ihn - schon seine Winzigkeit verführt dazu - wie ein Kind. »Wie heißt du denn?« fragt man ihn. »Odradek«, sagt er. Und wo wohnst du? »Unbestimmter Wohnsitz«, sagt er und lacht; es ist aber nur ein Lachen, wie man es ohne Lungen hervorbringen kann. Es klingt etwa so, wie das Rascheln in gefallenen Blättern. Damit ist die Unterhaltung meist zu Ende. Übrigens sind selbst diese Antworten nicht immer zu erhalten; oft ist er lange stumm, wie das Holz, das er zu sein scheint.

Vergeblich frage ich mich, was mit ihm geschehen wird. Kann er denn sterben? Alles, was stirbt, hat vorher eine Art Ziel, eine Art Tätigkeit gehabt und daran hat es sich zerrieben; das trifft bei Odradek nicht zu. Sollte er also einstmals etwa noch vor den Füßen meiner Kinder und Kindeskinder mit nachschleifendem Zwirnsfaden die Treppe hinunterkollern? Er schadet ja offenbar niemandem; aber die Vorstellung, daß er mich auch noch überleben sollte, ist mir eine fast schmerzliche.

A Country Doctor

I was in great perplexity. An urgent journey was ahead. A seriously ill man was waiting for me in a village ten miles away. A severe snowstorm filled the vast distance between him and me. I had a carriage—a light one, with large wheels, exactly suitable for our country roads. Bundled up in my fur coat, with the tools bag in my hand, I was standing in the courtyard ready for the journey; but the horse was missing—the horse. My own horse had died the previous night, as a result of over-exertion in this icy winter. My maid was presently running around the village to see if she could borrow a horse, but that was hopeless—I knew that—and I stood there useless, more and more overwhelmed by the snow, more and more unable to move. The girl appeared at the gate, alone. She waved the lantern. Of course, who would ever lend her his horse for such a journey? I paced again across the courtyard. I found no way. Distracted and tormented, I kicked my foot against the cracked door of the pigsty, which had not been used for years. The door opened and banged back and forth on its hinges. Warmth and a whiff carrying the smell of horses came out. Inside, a dim stall lantern swayed on a rope. A man huddled down in the low shed below showed his open blue-eyed face. "Shall I hitch up?" he asked, crawling out on all fours. I didn't know what to say and leaned to see what else was in the stable. The maiden stood beside me. "One doesn't know the sorts of things you have in stock in our own home," he said, and we both laughed. "Holla, Brother, hey, sister!" cried out the groom, and two horses, powerful animals with strong flanks, pushed their way one behind the other, legs close to the bodies, their well-shaped heads lowered in the same manner of camels, getting through the door, which they completely filled, only by the powerful movements of their rumps. But immediately they stood up straight, long legged, with thick steaming bodies. "Help him," I said, and the girl obediently hurried to hand the wagon harness to the groom. But as soon as she was beside him, the groom puts his arms around her and pushes his face against hers. She screams and runs over to me. On the girl's cheek were red marks from two rows of teeth. "You beast," I cry out in fury, "do you want the whip?" But I immediately recollect that he is a stranger, that I don't know where he comes from, and that he's helping me out voluntarily, when everyone else refuse to. As if he knew my thoughts, he takes no offense at my threat, but turns around to me once, still busy with the horses. Then he says, "Get in," and, in fact, everything is ready.

I notice that never before have I traveled with such a beautiful team of horses, and I climb in happily. "But let me take the reins. You don't know the way," I say. "Of course," he says; "I'm not going with you. I'm staying here with Rosa." "No," screams Rosa and she runs into the house, with a precise premonition of her unavoidable fate. I hear the door chain rattling as she sets it in place. I hear the lock clicking. I see how she runs down the corridor and through the rooms putting out all the lights as to make her impossible to find. "You're coming with me," I say to the groom, "or I'll give up the journey, no matter how urgent it is. I will never give you the girl as the price for the trip." "Giddy up," he says and claps his hands. The carriage darts, like a piece of wood in a current. I still hear how the door of my house is breaking down and splitting apart under the groom's fury, and then my eyes and ears are filled with a roaring sound, which overwhelms all my senses at once. But only for a moment; then I am already there, as if the farmyard of the patient opened up immediately in front of my courtyard gate. The horses stand quietly. The snowfall has stopped, moonlight all around. The ill man's parents rush out of the house, his sister behind them. They almost lift me out of the carriage. I gather nothing from their gibber. In the room of the ill man one can hardly breathe the air. The neglected stove is smoking. I want to push wide open the window, but first I'll look at the ill man. Thin, without fever, not cold, not warm, with dull eyes, without a shirt, the young man heaves himself up from under the quilt, grabs at my throat, and whispers in my ear, "doctor, let me die."

I look around. No one has heard. The parents stand silently, leaning forward, and wait for my opinion. The sister has drawn a chair for my tools bag. I open the bag and look among my instruments.

The young man constantly gropes at me from the bed to remind me of his prayer.

I take some tweezers, examine them at the light if the candle, and put them back.

Only now Rosa occurs to me again. What am I going to do? How will I save her and pull her away from this groom, ten miles away from her, with uncontrollable horses in front of my carriage? These horses have now somehow loosened their straps belt and are pushing the window open from outside, I don't know how. Each one is sticking its head through a window and, unmoved by the crying of the family, is observing the ill man. "I'm going right back," I think, as if the horses were ordering me to go back home, but I allow the sister, who thinks I am in a daze because of the heat, to take off my fur coat. A glass of rum is poured for me. The old man claps me on the shoulder; the sacrifice of his treasure justifies this familiarity. I shake my head. In the narrow circle of the old man's thoughts I would faint; that's the only reason I refuse to drink.

The mother stands by the bed and calls over; I follow and, while a horse neighs loudly at the ceiling, I place my head on the young man's chest, which shudders under my wet beard. That confirms what I know: the young man is healthy, a little poor circulation, saturated with the coffee from her caring mother, but healthy and he is best pushed out of bed with a shove. But I am not a world reformer, thus I let him lie. I am employed by the district and do my duty to the fullest, to the point where it is almost too much. Badly paid, I'm generous and ready to help the poor. I still have to look after Rosa, and this young man may have his way, and I want to die too. What am I doing here in this endless winter! My horse is dead, and there is no one in the village who would lend me his. I have to pull my team out of the pigsty; and did they not happen to be horses, I would have had to travel with pigs. That's the way it is. And I nod to the family. They know nothing about it, and if they knew it, they would not believe it. Write prescriptions is easy, but otherwise communicate with people is difficult. Now, at this point my visit should be over—they have once again called for my help unnecessarily. I'm used to that. The whole district torments me with the help of my night bell, but this time I even had to sacrifice Rosa, this beautiful girl, who has lived in my house for years now and whom I scarcely notice—this sacrifice is too great, and I must somehow come to terms with this by holding onto any subtle ideas that come to my mind, in order not to vent against this family who cannot, even with their best will, give me Rosa back again. But as I closing by hand bag and call for my fur coat, the family is standing together, the father sniffing the glass of rum in his hand, the mother, probably disappointed at me—what more do these people expect? —tearfully biting her lips, and the sister flapping a bloodstained hand towel, I am somehow ready, under these circumstances, to concede that the young man might be nonetheless sick. I go to him.

He smiles up at me, as if I was bringing him the most nourishing soup—ah, now both horses are whinnying, the noise is probably supposed to come from above in order to illuminate my examination—and now I realize that, indeed, the young man is ill. On his right side, in the region of the hip, a wound the size of the palm of one's hand has opened up. Rose colored, in many different shades, darker in the depths, brighter on the edges, slightly grained, with uneven patches of blood, open to the light like a mine. That's what it looks like from a distance. Close up, a complication becomes apparent. Who can look at that without a sigh of astonishment? In the wound, worms, as thick and long as my little finger, themselves rose colored and also spattered with blood, are wriggling their white bodies with many limbs from their stronghold in the inner of the wound towards the light. Poor young man, there's no helping you. I have found out your great wound. You are dying from this flower on your side. The family is happy, as they see me doing something. The sister says that to the mother, the mother tells the father, the father tells a few guests who are coming in on tiptoe through the moonlight of the open door, balancing themselves with outstretched arms. "Will you save me?" whispers the young man, sobbing, quite blinded by the life throbbing inside his wound. That's how people are in my district. Always demanding the impossible from the doctor. They have lost the old faith. The priest sits at home and tears his religious robes to pieces, one after the other. But the doctor is supposed to achieve everything with his delicate surgeon's hand. Well, it's what they like to think. I have not offered myself; if they want to use me for sacred purposes, I will not make opposition; what better thing could an old country doctor desire, robbed as he is of his maid! And here they come, the families and the village elders, and take my clothes off. A choir of school children with their teacher at their head stands in front of the house and sings an extremely simple melody with the words:

Take his clothes off, then he'll heal,
and if he doesn't cure, then kill him.
It's only a doctor; it's only a doctor.

Then I am stripped of my clothes and, with my fingers in my beard and my head tilted to one side, I look at the people quietly. I am completely at ease and clear about everything and stay that way, too, although it is not helping me at all, for they are now taking me by the head and feet and drag me into the bed. They lay me against the wall on the side of wound. Then they all go out of the room. The door is shut. The singing stops. Clouds appear before the moon. The bedclothes lie warmly around me. In the open space of the windows the horses' heads sway like shadows. "You know," I hear someone saying in my ear, "my confidence in you is very small. You were thrown here from somewhere. You did not come on your own feet. Instead of helping, you give me less room on my deathbed. The best thing would be if I scratched your eyes out." "Right," I say, "it's a disgrace. But now I'm a doctor. What am I supposed to do? Believe me, things are not easy for me either." "Shall I content myself with this excuse? Oh, I must. I always have to content myself. I came into the world with a beautiful wound; that was all I was endowed with." "Young friend," I say, "your mistake is that you have no perspective. I've already been in all sorts of infirmaries, far and wide, and I tell you your wound is not so bad. Cut at an acute angle with two blows from an axe. Many people offer their side and hardly hear the axe in the forest, to say nothing of the fact that it's coming closer upon them." "Is that really so, or are you deceiving me in my fever?" "It is truly so. Take the word of honour of a medical doctor." He took my word and grew silent. But now it was time to think about my salvation. The faithful horses were still standing in their place. I quickly snatched clothes, fur coat, and bag. I didn't want to delay by getting dressed; if the horses rushed as they had on the way here, I should, in a sense, be springing out of that bed into my own. Obediently, one horse pulled back from the window. I threw the bundle into the carriage. The fur coat flew too far and was caught on a hook by only one sleeve. Good enough. I swung into the saddle. The reins dragging loosely, one horse barely harnessed to the other, the carriage swaying behind, last of all, the fur coat in the snow. "Giddy up," I said, but there was no giddying up about it. We dragged through the snowy desert like old men;

for a long time the fresh but erroneous singing of the children resounded behind us:

> Enjoy yourselves, you patients.
> The doctor has laid you to bed.

I'll never come home at this pace. My flourishing practice is lost. A successor is robbing me, but to no avail, for he cannot replace me. In my house the disgusting groom is wreaking havoc. Rosa is his victim. I do not want to think about it. Naked, abandoned to the frost of such unhappy age, with an earthly carriage and unearthly horses, I go around by myself, as an old man. My fur coat hangs behind the wagon, but I cannot reach it, and no one from the moving rabble of patients lifts a finger. Betrayed! Betrayed! Once one responds to the false alarm of the night bell, then there is no possible remedy—not ever.

Ein Landarzt

Ich war in großer Verlegenheit: eine dringende Reise stand mir bevor; ein Schwerkranker wartete auf mich in einem zehn Meilen entfernten Dorfe; starkes Schneegestöber füllte den weiten Raum zwischen mir und ihm; einen Wagen hatte ich, leicht, großräderig, ganz wie er für unsere Landstraßen taugt; in den Pelz gepackt, die Instrumententasche in der Hand, stand ich reisefertig schon auf dem Hofe; aber das Pferd fehlte, das Pferd. Mein eigenes Pferd war in der letzten Nacht, infolge der Überanstrengung in diesem eisigen Winter, verendet; mein Dienstmädchen lief jetzt im Dorf umher, um ein Pferd geliehen zu bekommen; aber es war aussichtslos, ich wußte es, und immer mehr vom Schnee überhäuft, immer unbeweglicher werdend, stand ich zwecklos da. Am Tor erschien das Mädchen, allein, schwenkte die Laterne; natürlich, wer leiht jetzt sein Pferd her zu solcher Fahrt? Ich durchmaß noch einmal den Hof; ich fand keine Möglichkeit; zerstreut, gequält stieß ich mit dem Fuß an die brüchige Tür des schon seit Jahren unbenützten Schweinestalles. Sie öffnete sich und klappte in den Angeln auf und zu. Wärme und

Geruch wie von Pferden kam hervor. Eine trübe Stallaterne schwankte drin an einem Seil. Ein Mann, zusammengekauert in dem niedrigen Verschlag, zeigte sein offenes blauäugiges Gesicht. » Soll ich anspannen?« fragte er, auf allen vieren hervorkriechend. Ich wußte nichts zu sagen und beugte mich nur, um zu sehen, was es noch in dem Stalle gab. Das Dienstmädchen stand neben mir. »Man weiß nicht, was für Dinge man im eigenen Hause vorrätig hat«, sagte es, und wir beide lachten. »Holla, Bruder, holla, Schwester!« rief der Pferdeknecht, und zwei Pferde, mächtige flankenstarke Tiere, schoben sich hintereinander, die Beine eng am Leib, die wohlgeformten Köpfe wie Kamele senkend, nur durch die Kraft der Wendungen ihres Rumpfes aus dem Türloch, das sie restlos ausfüllten. Aber gleich standen sie aufrecht, hochbeinig, mit dicht ausdampfendem Körper. »Hilf ihm«, sagte ich, und das willige Mädchen eilte, dem Knecht das Geschirr des Wagens zu reichen. Doch kaum war es bei ihm, umfaßt es der Knecht und schlägt sein Gesicht an ihres. Es schreit auf und flüchtet sich zu mir; rot eingedrückt sind zwei Zahnreihen in des Mädchens Wange. »Du Vieh«, schreie ich wütend, »willst du die Peitsche?«, besinne mich aber gleich, daß es ein Fremder ist, daß ich nicht weiß, woher er kommt, und daß er mir freiwillig aushilft, wo alle andern versagen. Als wisse er von meinen Gedanken, nimmt er meine Drohung nicht übel, sondern wendet sich nur einmal, immer mit den Pferden beschäftigt, nach mir um. »Steigt ein«, sagt er dann, und tatsächlich: alles ist bereit. Mit so schönem Gespann, das merke ich, bin ich noch nie gefahren, und ich steige fröhlich ein. »Kutschieren werde aber ich, du kennst nicht den Weg«, sage ich. »Gewiß«, sagt er, »ich fahre gar nicht mit, ich bleibe bei Rosa.« »Nein«, schreit Rosa und läuft im richtigen Vorgefühl der Unabwendbarkeit ihres Schicksals ins Haus; ich höre die Türkette klirren, die sie vorlegt; ich höre das Schloß einspringen; ich sehe, wie sie überdies im Flur und weiterjagend durch die Zimmer alle Lichter verlöscht, um sich unauffindbar zu machen. »Du fährst mit«, sage ich zu dem Knecht, »oder ich verzichte auf die Fahrt, so dringend sie auch ist. Es fällt mir nicht ein, dir für die Fahrt das Mädchen als Kaufpreis hinzugeben.« »Munter!« sagt er; klatscht in die Hände; der Wagen wird fortgerissen, wie Holz in die Strömung; noch höre ich, wie die Tür meines Hauses unter dem Ansturm des Knechts birst und splittert, dann sind mir Augen und Ohren von einem zu allen Sinnen gleichmäßig dringenden Sausen erfüllt. Aber auch das nur einen Augenblick, denn, als öffne sich unmittelbar vor meinem Hoftor der Hof meines Kranken, bin ich schon dort; ruhig stehen die Pferde; der Schneefall hat aufgehört; Mondlicht ringsum; die Eltern des

Kranken eilen aus dem Haus; seine Schwester hinter ihnen; man hebt mich fast aus dem Wagen; den verwirrten Reden entnehme ich nichts; im Krankenzimmer ist die Luft kaum atembar; der vernachlässigte Herdofen raucht; ich werde das Fenster aufstoßen; zuerst aber will ich den Kranken sehen. Mager, ohne Fieber, nicht kalt, nicht warm, mit leeren Augen, ohne Hemd hebt sich der junge unter dem Federbett, hängt sich an meinen Hals, flüstert mir ins Ohr: »Doktor, laß mich sterben. « Ich sehe mich um; niemand hat es gehört; die Eltern stehen stumm vorgebeugt und erwarten mein Urteil; die Schwester hat einen Stuhl für meine Handtasche gebracht. Ich öffne die Tasche und suche unter meinen Instrumenten; der Junge tastet immerfort aus dem Bett nach mir hin, um mich an seine Bitte zu erinnern; ich fasse eine Pinzette, prüfe sie im Kerzenlicht und lege sie wieder hin. »Ja«, denke ich lästernd, »in solchen Fällen helfen die Götter, schicken das fehlende Pferd, fügen der Eile wegen noch ein zweites hinzu, spenden zum Übermaß noch den Pferdeknecht-.« Jetzt erst fällt mir wieder Rosa ein; was tue ich, wie rette ich sie, wie ziehe ich sie unter diesem Pferdeknecht hervor, zehn Meilen von ihr entfernt, unbeherrschbare Pferde vor meinem Wagen? Diese Pferde, die jetzt die Riemen irgendwie gelockert haben; die Fenster, ich weiß nicht wie, von außen aufstoßen? jedes durch ein Fenster den Kopf stecken und, unbeirrt durch den Aufschrei der Familie, den Kranken betrachten. »Ich fahre gleich wieder zurück«, denke ich, als forderten mich die Pferde zur Reise auf, aber ich dulde es, daß die Schwester, die mich durch die Hitze betäubt glaubt, den Pelz mir abnimmt. Ein Glas Rum wird mir bereitgestellt, der Alte klopft mir auf die Schulter, die Hingabe seines Schatzes rechtfertigt diese Vertraulichkeit. Ich schüttle den Kopf; in dem engen Denkkreis des Alten würde mir übel; nur aus diesem Grunde lehne ich es ab zu trinken. Die Mutter steht am Bett und lockt mich hin; ich folge und lege, während ein Pferd laut zur Zimmerdecke wiehert, den Kopf an die Brust des Jungen, der unter meinem nassen Bart erschauert. Es bestätigt sich, was ich weiß: der Junge ist gesund, ein wenig schlecht durchblutet, von der sorgenden Mutter mit Kaffee durchtränkt, aber gesund und am besten mit einem Stoß aus dem Bett zu treiben. Ich bin kein Weltverbesserer und lasse ihn liegen. Ich bin vom Bezirk angestellt und tue meine Pflicht bis zum Rand, bis dorthin, wo es fast zu viel wird. Schlecht bezahlt, bin ich doch freigebig und hilfsbereit gegenüber den Armen. Noch für Rosa muß ich sorgen, dann mag der Junge recht haben und auch ich will sterben. Was tue ich hier in diesem endlosen Winter! Mein Pferd ist verendet, und da ist niemand im Dorf, der mir seines leiht. Aus dem Schweinestall muß ich mein Gespann ziehen;

wären es nicht zufällig Pferde, müßte ich mit Säuen fahren. So ist es. Und ich nicke der Familie zu. Sie wissen nichts davon, und wenn sie es wüßten, würden sie es nicht glauben. Rezepte schreiben ist leicht, aber im übrigen sich mit den Leuten verständigen, ist schwer. Nun, hier wäre also mein Besuch zu Ende, man hat mich wieder einmal unnötig bemüht, daran bin ich gewöhnt, mit Hilfe meiner Nachtglocke martert mich der ganze Bezirk, aber daß ich diesmal auch noch Rosa hingeben mußte, dieses schöne Mädchen, das jahrelang, von mir kaum beachtet, in meinem Hause lebte – dieses Opfer ist zu groß, und ich muß es mir mit Spitzfindigkeiten aushilfsweise in meinem Kopf irgendwie zurechtlegen, um nicht auf diese Familie loszufahren, die mir ja beim besten Willen Rosa nicht zurückgeben kann. Als ich aber meine Handtasche schließe und nach meinem Pelz winke, die Familie beisammensteht, der Vater schnuppernd über dem Rumglas in seiner Hand, die Mutter, von mir wahrscheinlich enttäuscht ja, was erwartet denn das Volk? – tränenvoll in die Lippen beißend und die Schwester ein schwer blutiges Handtuch schwenkend, bin ich irgendwie bereit, unter Umständen zuzugeben, daß der Junge doch vielleicht krank ist. Ich gehe zu ihm, er lächelt mir entgegen, als brächte ich ihm etwa die allerstärkste Suppe – ach, jetzt wiehern beide Pferde; der Lärm soll wohl, höhern Orts angeordnet, die Untersuchung erleichtern – und nun finde ich: ja, der Junge ist krank. In seiner rechten Seite, in der Hüftengegend hat sich eine handtellergroße Wunde aufgetan. Rosa, in vielen Schattierungen, dunkel in der Tiefe, hellwerdend zu den Rändern, zartkörnig, mit ungleichmäßig sich aufsammelndem Blut, offen wie ein Bergwerk obertags. So aus der Entfernung. In der Nähe zeigt sich noch eine Erschwerung. Wer kann das ansehen ohne leise zu pfeifen? Würmer, an Stärke und Länge meinem kleinen Finger gleich, rosig aus eigenem und außerdem blutbespritzt, winden sich, im Innern der Wunde festgehalten, mit weißen Köpfchen, mit vielen Beinchen ans Licht. Armer Junge, dir ist nicht zu helfen. Ich habe deine große Wunde aufgefunden; an dieser Blume in deiner Seite gehst du zugrunde. Die Familie ist glücklich, sie sieht mich in Tätigkeit; die Schwester sagt's der Mutter, die Mutter dem Vater, der Vater einigen Gästen, die auf den Fußspitzen, mit ausgestreckten Armen balancierend, durch den Mondschein der offenen Tür hereinkommen. »Wirst du mich retten?« flüstert schluchzend der Junge, ganz geblendet durch das Leben in seiner Wunde. So sind die Leute in meiner Gegend. Immer das Unmögliche vom Arzt verlangen. Den alten Glauben haben sie verloren; der Pfarrer sitzt zu Hause und zerzupft die Meßgewänder, eines nach dem andern; aber der Arzt soll alles leisten mit seiner zarten chirurgischen Hand. Nun, wie es beliebt: ich habe mich nicht angeboten; verbraucht ihr mich zu heiligen Zwecken, lasse ich auch das mit mir geschehen; was will ich Besseres, alter Landarzt, meines Dienstmädchens beraubt! Und sie kommen, die Familie und die Dorfältesten, und entkleiden mich; ein Schulchor mit dem Lehrer an der Spitze steht vor dem Haus und singt eine äußerst einfache Melodie auf den Text:

Entkleidet ihn, dann wird er
heilen,

Und heilt er nicht, so tötet ihn!

's ist nur ein Arzt, 's ist nur ein
Arzt.

Dann bin ich entkleidet und sehe, die Finger im Barte, mit geneigtem Kopf die Leute ruhig an. Ich bin durchaus gefaßt und allen überlegen und bleibe es auch, trotzdem es mir nichts hilft, denn jetzt nehmen sie mich beim Kopf und bei den Füßen und tragen mich ins Bett. Zur Mauer, an die Seite der Wunde legen sie mich. Dann gehen alle aus der Stube; die Tür wird zugemacht; der Gesang verstummt; Wolken treten vor den Mond; warm liegt das Bettzeug um mich, schattenhaft schwanken die Pferdeköpfe in den Fensterlöchern. »Weißt du«, höre ich, mir ins Ohr gesagt, »mein Vertrauen zu dir ist sehr gering. Du bist ja auch nur irgendwo abgeschüttelt, kommst nicht auf eigenen Füßen. Statt zu helfen, engst du mir mein

Sterbebett ein. Am liebsten kratzte ich dir die Augen aus.« »Richtig«, sage ich, »es ist eine Schmach. Nun bin ich aber Arzt. Was soll ich tun? Glaube mir, es wird auch mir nicht leicht.« »Mit dieser Entschuldigung soll ich mich begnügen? Ach, ich muß wohl. Immer muß ich mich begnügen. Mit einer schönen Wunde kam ich auf die Welt; das war meine ganze Ausstattung.« »Junger Freund«, sage ich, »dein Fehler ist: du hast keinen Überblick. Ich, der ich schon in allen Krankenstuben, weit und breit, gewesen bin, sage dir: deine Wunde ist so übel nicht. Im spitzen Winkel mit zwei Hieben der Hacke geschaffen. Viele bieten ihre Seite an und hören kaum die Hacke im Forst, geschweige denn, daß sie ihnen näher kommt.« »Ist es wirklich so oder täuschest du mich im Fieber? « »Es ist wirklich so, nimm das Ehrenwort eines Amtsarztes mit hinüber.« Und er nahm's und wurde still. Aber jetzt war es Zeit, an meine Rettung zu denken. Noch standen treu die Pferde an ihren Plätzen. Kleider, Pelz und Tasche waren schnell zusammengerafft; mit dem Ankleiden wollte ich mich nicht aufhalten; beeilten sich die Pferde wie auf der Herfahrt, sprang ich ja gewissermaßen aus diesem Bett in meines. Gehorsam zog sich ein Pferd vom Fenster zurück; ich warf den Ballen in den Wagen; der Pelz flog zu weit, nur mit einem. Ärmel hielt er sich an einem Haken fest. Gut genug. Ich schwang mich aufs

Pferd. Die Riemen lose schleifend, ein Pferd kaum mit dem andern verbunden, der Wagen irrend hinterher, den Pelz als letzter im Schnee. »Munter!« sagte ich, aber munter ging's nicht; langsam wie alte Männer zogen wir durch die Schneewüste; lange klang hinter uns der neue, aber irrtümliche Gesang der Kinder:

Freuet euch, ihr Patienten,

Der Arzt ist euch ins Bett gelegt!

Niemals komme ich so nach Hause; meine blühende Praxis ist verloren; ein Nachfolger bestiehlt mich, aber ohne Nutzen, denn er kann mich nicht ersetzen; in meinem Hause wütet der ekle Pferdeknecht; Rosa ist sein Opfer; ich will es nicht ausdenken. Nackt, dem Froste dieses unglückseligsten Zeitalters ausgesetzt, mit irdischem Wagen, unirdischen Pferden, treibe ich alter Mann mich umher. Mein Pelz hängt hinten am Wagen, ich kann ihn aber nicht erreichen, und keiner aus dem beweglichen Gesindel der Patienten rührt den Finger. Betrogen! Betrogen! Einmal dem Fehlläuten der Nachtglocke gefolgt – es ist niemals gutzumachen.

A Fratricide

It has been proven that the murder was carried out in the following manner:

Schmar, the murderer, took up his post, about nine o'clock at night, in clear moonlight, by the corner where Wese, the victim, had to turn from the street where his office was, into the street he lived.

Cold, a night air that everyone felt. Yet Schmar was wearing only a thin blue suit; the jacket was unbuttoned, too. He felt no cold; besides, he was moving about all the time. His weapon, half a bayonet and half a kitchen knife, he kept firmly in his grasp. He looked at the knife against the light of the moon; the blade glittered; not enough for Schmar; he struck it against the stones of the pavement till the sparks flew; he regretted that, perhaps; and to repair the damage, he drew it like a violin bow across the sole of his boot, while be bent forward standing on one leg, and listened both to the whetting of the knife on his boot and for any sound from the fateful side street.

Why did Pallas, the private citizen who was watching it all nearby, from his window in the second story, allow this to happen? Fathom the human nature! With his collar turned up, his dressing gown girt round his body, he stood looking down, shaking his head.

And five houses further down, on the opposite side of the street, Mrs. Wese, wearing a fox-fur coat over her nightgown, peered out to look for her husband who was lingering unusually late that night.

Finally, the doorbell rang before Wese's office, too loud for a doorbell, right over the town and up to the skies, and Wese, the industrious night worker, out in the alley, still invisible, only heralded by the sound of the bell; at once the pavement registers his quiet footsteps.

Pallas leans forward, not to miss a thing.

Mrs. Wese, reassured by the bell, shuts her window with a clatter.

But Schmar kneels down; since he has no other parts of his body that lay bare, he presses just his face and his hands against the stones of the pavement; where everything else is freezing, Schmar is glowing hot. At the very corner dividing the two streets Wese pauses, only supported by his walking stick inclined towards the unearthly alley.

A whim. The night sky has invited him, its dark blue and its gold. Unknowingly he gazes up at it, unknowingly he lifts his hat and strokes his hair; nothing up there draws together in some pattern allowing to interpret his immediate future;

everything stays in its senseless, inscrutable place. In itself it is a highly reasonable action for Wese to walk on, but there he walks towards Schmar's knife.

"Wese!" shrieks Schmar, standing on tiptoes, his arm outstretched, the knife sharply lowered, "Wese! In vain is Julia waiting!" And right into the throat, and left into the throat, and a third time deep into the belly, stabs Schmar's knife. Water rats, slit open, give out such a sound as the one coming from Wese.

"Done," says Schmar as he pitches the knife, now a superfluous bloodstained ballast, against the nearest house front. The bliss of murder!

The relief, the soaring ecstasy from shedding someoneelse's blood! Wese, old nightbird, friend, comrade, you are oozing away into the dark earth below the street. Why aren't you simply a bladder full of blood, so that I could sit on you and make you vanish into nothingness? Not all is resolved, not all the blossoms have borne fruit, your heavy remnants lie here, already indifferent to every kick. What should be the dumb question that you ask by that?"

Pallas, choking on the poison in his body, stands at the double-leafed door of his house as it flings open. "Schmar! Schmar! All noticed, nothing overlooked." Pallas and Schmar scrutinize each other. Pallas is satisfied, Schmar comes to no conclusion.

Mrs. Wese, with a crowd of people on either side, comes rushing up, her face grown quite old with the shock. Her fur coat swings open, she collapses on top of Wese; the nightgowned body belongs to him, the fur coat, spreading over the couple like the smooth turf of a grave, belongs to the crowd.

Schmar, fighting down with difficulty the last of his nausea, presses his mouth against the shoulder of the policeman who, stepping fleetly, leads him away.

Ein Brudermord

Es ist erwiesen, daß der Mord auf folgende Weise erfolgte:

Schmar, der Mörder, stellte sich gegen neun Uhr abends in der mondklaren Nacht an jener Straßenecke auf, wo Wese, das Opfer, aus der Gasse, in welcher sein Büro lag, in jene Gasse einbiegen mußte, in der er wohnte.

Kalte, jeden durchschauernde Nachtluft. Aber Schmar hatte nur ein dünnes blaues Kleid angezogen; das Röckchen war überdies aufgeknöpft. Er fühlte keine Kälte; auch war er immerfort in Bewegung. Seine Mordwaffe, halb Bajonett, halb Küchenmesser, hielt er ganz bloßgelegt immer fest im Griff. Betrachtete das Messer gegen das Mondlicht; die Schneide blitzte auf; nicht genug für Schmar; er hieb mit ihr gegen die Backsteine des Pflasters, daß es Funken gab; bereute es vielleicht; und um den Schaden gutzumachen, strich er mit ihr violinbogenartig über seine Stiefelsohle, während er, auf einem Bein stehend, vorgebeugt, gleichzeitig dem Klang des Messers an seinem Stiefel, gleichzeitig in die schicksalsvolle Seitengasse lauschte.

Warum duldete das alles der Private Pallas, der in der Nähe aus seinem Fenster im zweiten Stockwerk alles beobachtete? Ergründe die Menschennatur! Mit hochgeschlagenem Kragen, den Schlafrock um den weiten Leib gegürtet, kopfschüttelnd, blickte er hinab.

Und fünf Häuser weiter, ihm schräg gegenüber, sah Frau Wese, den Fuchspelz über ihrem Nachthemd, nach ihrem Manne aus, der heute ungewöhnlich lange zögerte.

Endlich ertönt die Türglocke vor Weses Büro, zu laut für eine Türglocke, über die Stadt hin, zum Himmel auf, und Wese, der fleißige Nachtarbeiter, tritt dort, in dieser Gasse noch unsichtbar, nur durch das Glockenzeichen angekündigt, aus dem Haus; gleich zählt das Pflaster seine ruhigen Schritte.

Pallas beugt sich weit hervor; er darf nichts versäumen. Frau Wese schließt, beruhigt durch die Glocke, klirrend ihr Fenster. Schmar aber kniet nieder; da er augenblicklich keine anderen Blößen hat, drückt er nur Gesicht und Hände gegen die Steine; wo alles friert, glüht Schmar.

Gerade an der Grenze, welche die Gassen scheidet, bleibt Wese stehen, nur mit dem Stock stützt er sich in die jenseitige Gasse.

Eine Laune. Der Nachthimmel hat ihn angelockt, das Dunkelblaue und das Goldene. Unwissend blickt er es an, unwissend streicht er das

Haar unter dem gelüpften Hut; nichts rückt dort oben zusammen, um ihm die allernächste Zukunft anzuzeigen; alles bleibt an seinem unsinnigen, unerforschlichen Platz. An und für sich sehr vernünftig, daß Wese weitergeht, aber er geht ins Messer des Schmar.

»Wese!« schreit Schmar, auf den Fußspitzenend, den Arm aufgereckt, das Messer scharf gesenkt. »Wese! Vergebens wartet Julia!« Und rechts in den Hals und links in den Hals und drittens tief in den Bauch sticht Schmar. Wasserratten, aufgeschlitzt, geben einen ähnlichen Laut von sich wie Wese.

»Getan«, sagt Schmar und wirbt das Messer, den überflüssigen blutigen Ballast, gegen die nächste Hausfront. Seligkeit des Mordes! Erleichterung, Beflügelung durch das Fließen des fremden Blutes! Wese, alter Nachtschatten, Freund, Bierbankgenosse, versickerst im dunklen Straßengrund. Warum bist du nicht einfach eine mit Blut gefüllte Blase, daß ich mich auf dich setzte und du verschwändest ganz und gar. Nicht alles wird erfüllt, nicht alle Blütenträume reiften, dein schwerer Rest liegt hier, schon unzugänglich jedem Tritt. Was soll die stumme Frage, die du damit stellst?«

Pallas, alles Gift durcheinanderwürgend in seinem Leib, steht in seiner zweiflügelig aufspringenden Haustür. »Schmar! Schmar! Alles bemerkt, nichts übersehen.« Pallas und Schmar prüfen einander. Pallas befriedigt's, Schmar kommt zu keinem Ende.

Frau Wese mit einer Volksmenge zu ihren beiden Seiten eilt mit vor Schrecken ganz gealtertem Gesicht herbei. Der Pelz öffnet sich, sie stürzt über Wese, der nachthemdbekleidete Körper gehört ihm, der über dem Ehepaar sich wie der Rasen eines Grabes schließende Pelz gehört der Menge.

Schmar, mit Mühe die letzte Übelkeit verbeißend, den Mund an die Schulter des Schutzmannes gedrückt, der leichtfüßig ihn davonführt.

The Neighbour

My business rests entirely on my shoulders. Two lady with typewriters and account books in the hall, my room with desk, counter, conference table, club chair and telephone, that's all I need for my work. So easy to survey, so easy to run. I am quite young and the business goes well. I do not complain, I do not complain. As of the new year, a young man has rented the small, vacant neighboring apartment, which, blunderingly, I had for too long hesitated to rent myself. It is also a room with a front room, and furthermore a kitchen. Room and hall I could have used – my two young ladies have felt already overloaded, at times – , but what would the kitchen have served for? These petty thoughts to be blamed, I let the apartment go. Now there sits this young man.

Harras is his name. What he actually does there, I do not know. On the door it says "Harras, Office." I have made inquiries, I have been told it is a business similar to mine. Before lending one could not be advised, involving a young, ambitious man, whose business may have a future, but one can not really advise on credit, since presently no fortune seems to exist. The usual information which one gives when nothing is actually known. Sometimes I meet Harras on the stairs, he must always be in an extraordinary hurry, as he scurries carefully past me. As a matter of fact, I have never exactly seen him; he always has the office keys ready in his hand. In the blink of an eye he has opened the door. Like the tail of a rat, he has slipped in and I am standing again in front of the board "Harras, Office," which I have already read more often than it deserves.

The miserable thin walls, which betray the honest, active man, cover the dishonest. My telephone is attached on wall of the room, which separates me from my neighbor. But I do emphasize that merely as an especially ironic fact. Even if it sat on the opposite wall, you would hear everything in the neighboring apartment. I've given up mentioning the name of the customer on the telephone. But it obviously does not take much shrewdness to guess the name by some characteristic, inevitable turns of the conversation. Sometimes I dance around, the receiver to the ear, spurred by unrest, on tiptoe, and yet that can not prevent that secrets are revealed.

Of course, by my business decisions will become insecure through that, my voice uncertain. What is Harras doing while I'm on the telephone? I would like to really exaggerate – but you must do that often, to obtain clarification – so I could say:

Harras does not need a telephone, he uses mine, he has moved his sofa against the wall and listens, I must run to the telephone when it rings, accept the customer's wishes, take serious decisions to run large-scale persuasions – but above all, involuntarily making a report to Harras through the wall of the room. It may be that he doesn't even have to wait until the end of the conversation, but rather he rises after that point of the conversation which has enlightened the case enough for him, then he flits through the city as it's his habit, and before I have even hung up the receiver, he is already there, working against me.

Der Nachbar

Mein Geschäft ruht ganz auf meinen Schultern. Zwei Fräulein mit Schreibmaschinen und Geschäftsbüchern im Vorzimmer, mein Zimmer mit Schreibtisch, Kasse, Beratungstisch, Klubsessel und Telephon, das ist mein ganzer Arbeitsapparat. So einfach zu überblicken, so leicht zu führen. Ich bin ganz jung und die Geschäfte rollen vor mir her. Ich klage nicht, ich klage nicht.

Seit Neujahr hat ein junger Mann die kleine, leerstehende Nebenwohnung, die ich ungeschickterweise so lange zu mieten gezögert habe, frischweg gemietet. Auch ein Zimmer mit Vorzimmer, außerdem aber noch eine Küche. - Zimmer und Vorzimmer hätte ich wohl brauchen können - meine zwei Fräulein fühlten sich schon manchmal überlastet -, aber wozu hätte mir die Küche gedient? Dieses kleinliche Bedenken war daran schuld, daß ich mir die Wohnung habe nehmen lassen. Nun sitzt dort dieser junge Mann. Harras heißt er. Was er dort eigentlich macht, weiß ich nicht. Auf der Tür steht: ›Harras, Bureau‹. Ich habe Erkundigungen eingezogen, man hat mir mitgeteilt, es sei ein Geschäft ähnlich dem meinigen. Vor Kreditgewährung könne man nicht geradezu warnen, denn es handle sich doch um einen jungen, aufstrebenden Mann, dessen Sache vielleicht Zukunft habe, doch könne man zum Kredit nicht geradezu raten, denn gegenwärtig sei allem Anschein nach kein Vermögen vorhanden. Die übliche Auskunft, die man gibt, wenn man nichts weiß.

Manchmal treffe ich Harras auf der Treppe, er muß es immer außerordentlich eilig haben, er huscht formlich an mir vorüber. Genau gesehen habe ich ihn noch gar nicht, den Büroschlüssel hat er schon vorbereitet in der Hand. Im Augenblick hat er die Tür geöffnet. Wie der Schwanz einer Ratte ist er hineingeglitten und ich stehe wieder vor der Tafel 'Harras, Bureau', die ich schon viel öfter gelesen habe, als sie es verdient.

Die elend dünnen Wände, die den ehrlich tätigen Mann verraten den Unehrlichen aber decken. Mein Telephon ist an der Zimmerwand angebracht, die mich von meinem Nachbar trennt. Doch hebe ich das bloß als besonders ironische Tatsache hervor.

Selbst wenn es an der entgegengesetzten Wand hinge, würde man in der Nebenwohnung alles hören. Ich habe mir abgewöhnt, den Namen der Kunden beim Telephon zu nennen. Aber es gehört natürlich nicht viel Schlauheit dazu, aus charakteristischen, aber unvermeidlichen Wendungen des Gesprächs die Namen zu erraten. -

Manchmal umtanze ich, die Hörmuschel am Ohr, von Unruhe gestachelt, auf den Fußspitzen den Apparat und kann es doch nicht verhüten, daß Geheimnisse preisgegeben werden.

Natürlich werden dadurch meine geschäftlichen Entscheidungen unsicher, meine Stimme zittrig. Was macht Harras, während ich telephoniere? Wollte ich sehr übertreiben - aber das muß man oft, um sich Klarheit zu verschaffen -, so könnte ich sagen: Harras braucht kein Telephon, er benutzt meines, er hat sein Kanapee an die Wand gerückt und horcht, ich dagegen muß, wenn geläutet wird, zum Telephon laufen, die Wünsche des Kunden entgegennehmen, schwerwiegende Entschlüsse fassen, großangelegte Überredungen ausführen - vor allem aber während des Ganzen unwillkürlich durch die Zimmerwand Harras Bericht erstatten.

Vielleicht wartet er gar nicht das Ende des Gespräches ab, sondern erhebt sich nach der Gesprächsstelle, die ihn über den Fall genügend aufgeklärt hat, huscht nach seiner Gewohnheit durch die Stadt und, ehe ich die Hörmuschel aufgehängt habe, ist er vielleicht schon daran, mir entgegenzuarbeiten.

Eleven Sons

I have eleven sons. The first is outwardly very unappealing, but serious and clever; nevertheless, I do not have the highest appreciation of him, although I love him as much as the others. His way of thinking seems too simple to me. He does not look right nor left, nor into the distance; in his little circle of thoughts, he runs constantly around, or he rotates, rather.

The second is handsome, slim, well-built; it is a delight to see him in fencing posture. He is also wise, but also worldly wise; he has seen a lot, therefore it seems that the character of his country is impressed in him no less than within the folks back home. But this advantage is certainly not only due to his traveling, it belongs rather to the inimitable nature of this child, who is recognized by anyone who wants to imitate his dives into the water and the somersaults, impetuous yet well controlled. Until the end of the springboard the courage and desire is for the imitators enough, but then, instead of jumping, they raise their arms apologetically. And despite all this (I should really be happy about such a child) my relationship with him is not untarnished. His left eye is a little smaller than the right, winking much; a little fault, certainly, making his face even more daring than it would otherwise be, and no one will disapprove of this smaller twinkling eye, in view of the unapproachable independence of his temper. I, the father, do it. Of course it's not this physical fault that hurts me, but a somehow corresponding small irregularity of his mind, a sort of poison erring in his blood, some inability, only visible to me, marks his life all around. On the other hand, this is precisely what makes him my true son, because his fault is at the same time the very fault of our whole family, and in this son is just more evident.

The third son is also handsome, but it's not the handsomeness that I like. It is the handsomeness of the singer: the curved mouth; the dreamy eye; the head which requires, to work, a drapery behind; the chest swells too much; slightly colliding hands that fall too easily, the legs stand out because they can not bear him. And besides: the tone of his voice is not full; for a moment it deceives the connoisseur's ear, but then it is shortlived. Although everything would tempt to make this son flaunting, I hold him preferably in secret; he does not impose himself, not because he knows his own flaws, but rather out of innocence. He also feels that he does not belong to our times; as if he belonged to my family, but also to another, forever lost, he is often listless and nothing can cheer him up.

My fourth son is perhaps the friendliest of all. A true child of his time, everybody understands him, he shares common ground with everyone, and all try to nod to him. Perhaps by this general recognition he gains some lightness, and his movements some freedom, his judgment is lighthearted. Some of his sayings you want to repeat often, but only some, because all in all he suffers of too great easiness. He is like a man who jumps off admirably, swallowing the air, but ends bleakly in barren dust, a nothingness. Such thoughts embitter me at the sight of this child.

The fifth son is kind and good; promised a lot less than he thought; he was so insignificant that in his presence one felt alone; it has yet brought to some renown. If you asked me how this is done, I could barely answer. Perhaps, innocence penetrates effortlessly through the raging elements in this world, and he's innocent. Perhaps too innocent. Friendly to everyone. Perhaps too friendly. I confess: I will not be comfortable if you praise him before me. This is to say, it is somewhat too easy to praise someone who is obviously so praiseworthy, like my son.

My sixth son seems, at least at first glance, the most profound of all. Crestfallen and yet garrulous. Therefore, one does not easily come to him. Being subject to falling, he falls into invincible sadness; he attains the overweight, so he preserves it by chatter.

But I'm not talking to him from some absent-minded passion; in broad day he often fights his way through his thoughts like in a dream. Without being sick - rather, it has a very good health - he stumbles sometimes, particularly at dusk, but does not need help, he does not fall. Perhaps it is his own physical development to blame, for he is much too big for his age. This makes him unattractive as a whole, despite strikingly beautiful details, such as his hands and feet. Not pretty is also his forehead; somewhat shriveled both in the skin and in the bone formation.

The seventh son belongs to me more than all the others. The world does not understand him enough; his special kind of humor is not understood. I do not overesteem him; I know he is barely sufficient; had the world no other fault than not to appreciate him, then it would still be spotless. But within the family, I would never want to miss this son. Both restlessness and reverence for tradition he brings, and both he add together, at least to my mind, to an incontestable whole. Of this whole he knows, to some extent, what to do; the wheel of the future he will not put in motion, but his disposition is so encouraging, so full of hope; I wish he had children, and they children again. Unfortunately, this desire does not seem to be likely fulfilled. In a somehow understandable, but equally undesirable, complacency, which is, however, in great contrast to the general judgment, he goes about alone, not caring about girls, and is still never losing his good mood.

My eighth son is my problem child, and I do not actually know the reason for this. He looks at me strange, and I feel a close fatherly bond with him. Time has worked well its way, but before I would sometimes feel a shiver when thinking about him. He goes his own way; he has broken all the ties with me; and certainly with his strong head, his small athletic body - only his legs were rather weak as a boy, but they might have in the meantime strenghtened - gets away as he pleases. I often felt like calling him, to ask him how he is really doing, why he secluded so much from his father, and what he actually meant, but now he's so far and so much time has already passed; now it may as well remain as it is. I hear that he is the only one amongst my sons to wear a beard; which is obviously not too good for such a small man.

My ninth son is very elegant and has that particular sweet look, according to women. So sweet that he can even seduce at times, but I know that a wet sponge is sufficient to wipe out all that unearthly splendor. What is special about this boy, however, is that he does not at all intend to seduce; to him it would be enough to lie his all life on the sofa, direct his look at the ceiling, or even more let it rest under the eyelids. Is such a favorite position of his, he likes to talk and not badly; profusely and vividly; but only within narrow limits; if he goes beyond them, which can not be avoided in such narrowness, his speech is completely empty. One would wink at him, if only hoped that such sleepy look could notice it.

My tenth son is regarded as an insincere character. I do not want to either quite deny, nor quite confirm this fault. What is certain is that whoever sees him coming by, in such solemnity that is well above his age, in an always firmly closed frock coat, in the old, but impeccably polished, black hat, his impassible face, the slightly protruding chin, the eyelids gravely bulging over his eyes, two fingers sometimes put to his mouth – one who sees him must think: there is a boundless hypocrite! But, now you just hear him speak! Knowledgeable; full of wisdom; of few words; responding with mischievous vivaciousness to questions; in astonishing, evident and joyful conformity with the whole world; a conformity that necessarily tightens the neck and can lift the body. Many who thought themselves very clever and, for this reason, felt repelled by his appearance, he has by his word strongly attracted. But there are also people, indifferent at his appearance, to whom his words appear hypocritical. I, as a father, do not want to decide here, but I must admit that the latter judgment is in any case as noteworthy as the former.

My eleventh son is tender, probably the weakest among my sons; but deceptive in his weakness; he can be strong and determined at times, even though his weakness is somehow fundamental. However, it is not a shameful weakness, rather something that only appears on our world as a weakness. It is not then, for example, also the readiness to set to fly a weakness, because it is indeed wavering and uncertain and fluttery? Something like this shows my son. The father, of course, is not happy about such features; they obviously contribute to the destruction of the family. Sometimes he looks at me as if to say: "I'll take you with me, Father." Then I think: "You're the last person I trust myself." And his eyes again seem to say again: "At least, may I then be the last."

These are the eleven sons.

Elf Söhne

Ich habe elf Söhne.

Der erste ist äußerlich sehr unansehnlich, aber ernsthaft und klug; trotzdem schätze ich ihn, wiewohl ich ihn als Kind wie alle andern liebe, nicht sehr hoch ein. Sein Denken scheint mir zu einfach. Er sieht nicht rechts noch links und nicht in die Weite; in seinem kleinen Gedankenkreis läuft er immerfort rundum oder dreht sich vielmehr.

Der zweite ist schön, schlank, wohlgebaut; es entzückt, ihn in Fechterstellung zu sehen. Auch er ist klug, aber überdies welterfahren; er hat viel gesehen, und deshalb scheint selbst die heimische Natur vertrauter mit ihm zu sprechen als mit den Daheimgebliebenen. Doch ist gewiß dieser Vorzug nicht nur und nicht einmal wesentlich dem Reisen zu verdanken, er gehört vielmehr zu dem Unnachahmlichen dieses Kindes, das zum Beispiel von jedem anerkannt wird, der etwa seinen vielfach sich überschlagenden und doch geradezu wild beherrschten Kunstsprung ins Wasser ihm nachmachen will. Bis zum Ende des Sprungbrettes reicht der Mut und die Lust, dort aber statt zu springen, setzt sich plötzlich der Nachahmer und hebt entschuldigend die Arme. - Und trotz dem allen (ich sollte doch eigentlich glücklich sein über ein solches Kind) ist mein Verhältnis zu ihm nicht ungetrübt. Sein linkes Auge ist ein wenig kleiner als das rechte und zwinkert viel; ein kleiner Fehler nur, gewiß, der sein Gesicht sogar noch verwegener macht als es sonst gewesen wäre, und niemand wird gegenüber der unnahbaren Abgeschlossenheit seines Wesens dieses kleinere zwinkernde Auge tadelnd bemerken. Ich, der Vater, tue es. Es ist natürlich nicht dieser körperliche Fehler, der mir weh tut, sondern eine ihm irgendwie entsprechende kleine Unregelmäßigkeit seines Geistes, irgendein in seinem Blut irrendes Gift, irgendeine Unfähigkeit, die mir allein sichtbare Anlage seines Lebens rund zu vollenden. Gerade dies macht ihn allerdings andererseits wieder zu meinem wahren Sohn, denn dieser sein Fehler ist gleichzeitig der Fehler unserer ganzen Familie und an diesem Sohn nur überdeutlich.

Der dritte Sohn ist gleichfalls schön, aber es ist nicht die Schönheit, die mir gefällt. Es ist die Schönheit des Sängers: der geschwungene Mund; das träumerische Auge; der Kopf, der eine Draperie hinter sich benötigt, um zu wirken; die unmäßig sich wölbende Brust; die leicht auffahrenden und viel zu leicht sinkenden Hände, die Beine, die sich zieren, weil sie nicht tragen können. Und überdies: der Ton seiner Stimme ist nicht voll; trügt einen Augenblick; läßt den Kenner aufhorchen; veratmet aber kurz darauf. - Trotzdem im allgemeinen alles verlockt, diesen Sohn zur Schau zu stellen, halte ich ihn doch am liebsten im Verborgenen; er selbst drängt sich nicht auf, aber nicht etwa deshalb, weil er seine Mängel kennt, sondern aus Unschuld. Auch fühlt er sich fremd in unserer Zeit; als gehöre er zwar zu meiner Familie, aber überdies noch zu einer andern, ihm für immer verlorenen, ist er oft unlustig und nichts kann ihn aufheitern.

Mein vierter Sohn ist vielleicht der umgänglichste von allen. Ein wahres Kind seiner Zeit, ist er jedermann verständlich, er steht auf dem allen gemeinsamen Boden und jeder ist versucht, ihm zuzunicken. Vielleicht durch diese allgemeine Anerkennung gewinnt sein Wesen etwas Leichtes, seine Bewegungen etwas Freies, seine Urteile etwas Unbekümmertes. Manche seiner Aussprüche möchte man oft wiederholen, allerdings nur manche, denn in seiner Gesamtheit krankt er doch wieder an allzu großer Leichtigkeit. Er ist wie einer, der bewundernswert abspringt, schwalbengleich die Luft teilt, dann aber doch trostlos im öden Staube endet, ein Nichts. Solche Gedanken vergällen mir den Anblick dieses Kindes.

Der fünfte Sohn ist lieb und gut; versprach viel weniger, als er hielt; war so unbedeutend, daß man sich förmlich in seiner Gegenwart allein fühlte; hat es aber doch zu einigem Ansehen gebracht. Fragte man mich, wie das geschehen ist, so könnte ich kaum antworten. Unschuld dringt vielleicht doch noch am leichtesten durch das Toben der Elemente in dieser Welt, und unschuldig ist er. Vielleicht allzu unschuldig. Freundlich zu jedermann. Vielleicht allzu freundlich. Ich gestehe: mir wird nicht wohl, wenn man ihn mir gegenüber lobt. Es heißt doch, sich das Loben etwas zu leicht zu machen, wenn man einen so offensichtlich Lobenswürdigen lobt, wie es mein Sohn ist.

Mein sechster Sohn scheint, wenigstens auf den ersten Blick, der tiefsinnigste von allen. Ein Kopfhänger und doch ein Schwatzer. Deshalb kommt man ihm nicht leicht bei. Ist er am Unterliegen, so verfällt er in unbesiegbare Traurigkeit; erlangt er das Übergewicht, so wahrt er es durch Schwätzen. Doch spreche ich ihm eine gewisse selbstvergessene Leidenschaft nicht ab; bei hellem Tag kämpft er sich oft durch das Denken wie im Traum. Ohne krank zu sein - vielmehr hat er eine sehr gute Gesundheit - taumelt er manchmal, besonders in der Dämmerung, braucht aber keine Hilfe, fällt nicht. Vielleicht hat an dieser Erscheinung seine körperliche Entwicklung schuld, er ist viel zu groß für sein Alter. Das macht ihn unschön im Ganzen, trotz auffallend schöner Einzelheiten, zum Beispiel der Hände und Füße. Unschön ist übrigens auch seine Stirn; sowohl in der Haut als in der Knochenbildung irgendwie verschrumpft.

Der siebente Sohn gehört mir vielleicht mehr als alle andern. Die Welt versteht ihn nicht zu würdigen; seine besondere Art von Witz versteht sie nicht. Ich überschätze ihn nicht; ich weiß, er ist geringfügig genug; hätte die Welt keinen anderen Fehler als den, daß sie ihn nicht zu würdigen weiß, sie wäre noch immer makellos. Aber innerhalb der Familie wollte ich diesen Sohn nicht missen. Sowohl Unruhe bringt er, als auch Ehrfurcht vor der Überlieferung, und beides fügt er, wenigstens für mein Gefühl, zu einem unanfechtbaren Ganzen. Mit diesem Ganzen weiß er allerdings selbst am wenigsten, etwas anzufangen; das Rad der Zukunft wird er nicht ins Rollen bringen, aber diese seine Anlage ist so aufmunternd, so hoffnungsreich; ich wollte, er hätte Kinder und diese wieder Kinder. Leider scheint sich dieser Wunsch nicht erfüllen zu wollen. In einer mir zwar begreiflichen, aber ebenso unerwünschten Selbstzufriedenheit, die allerdings in großartigem Gegensatz zum Urteil seinerUmgebung steht, treibt er sich allein umher, kümmert sich nicht um Mädchen und wird trotzdem niemals seine gute Laune verlieren.

Mein achter Sohn ist mein Schmerzenskind, und ich weiß eigentlich keinen Grund dafür. Er sieht mich fremd an, und ich fühle mich doch väterlich eng mit ihm verbunden. Die Zeit hat vieles gut gemacht; früher aber befiel mich manchmal ein Zittern, wenn ich nur an ihn dachte. Er geht seinen eigenen Weg; hat alle Verbindungen mit mir abgebrochen; und wird gewiß mit seinem harten Schädel, seinem kleinen athletischen Körper - nur die Beine hatte er als Junge recht schwach, aber das mag sich inzwischen schon ausgeglichen haben - überall durchkommen, wo es ihm beliebt. Öfters hatte ich Lust, ihn zurückzurufen, ihn zu fragen, wie es eigentlich um ihn steht, warum er sich vom Vater so abschließt und was er im Grunde beabsichtigt, aber nun ist er so weit und so viel Zeit ist schon vergangen, nun mag es so bleiben wie es ist. Ich höre, daß er als der einzige meiner Söhne einen Vollbart trägt; schön ist das bei einem so kleinen Mann natürlich nicht.

Mein neunter Sohn ist sehr elegant und hat den für Frauen bestimmten süßen Blick. So süß, daß er bei Gelegenheit sogar mich verführen kann, der ich doch weiß, daß förmlich ein nasser Schwamm genügt, um allen diesen überirdischen Glanz wegzuwischen. Das Besondere an diesem Jungen aber ist, daß er gar nicht auf Verführung ausgeht; ihm würde es genügen, sein Leben lang auf dem Kanapee zu liegen und seinen Blick an die Zimmerdecke zu verschwenden oder noch viel lieber ihn unter den Augenlidern ruhen zu lassen. Ist er in dieser von ihm bevorzugten Lage, dann spricht er gern und nicht übel; gedrängt und anschaulich; aber doch nur in engen Grenzen; geht er über sie hinaus, was sich bei ihrer Enge nicht vermeiden läßt, wird sein Reden ganz leer. Man würde ihm abwinken, wenn man Hoffnung hätte, daß dieser mit Schlaf gefüllte Blick es bemerken könnte.

Mein zehnter Sohn gilt als unaufrichtiger Charakter. Ich will diesen Fehler nicht ganz in Abrede stellen, nicht ganz bestätigen. Sicher ist, daß, wer ihn in der weit über sein Alter hinausgehenden Feierlichkeit herankommen sieht, im immer festgeschlossenen Gehrock, im alten, aber übersorgfältig geputzten schwarzen Hut, mit dem unbewegten Gesicht, dem etwas vorragenden Kinn, den schwer über die Augen sich wölbenden Lidern, den manchmal an den Mund geführten zwei Fingern - wer ihn so sieht, denkt: das ist ein grenzenloser Heuchler. Aber, nun höre man ihn reden! Verständig; mit Bedacht; kurz angebunden; mit boshafter Lebendigkeit Fragen durchkrenzend; in erstaunlicher, selbstverständlicher und froher Übereinstimmung mit dem Weltganzen; eine Übereinstimmung, die notwendigerweise den Hals strafft und den Körper erheben läßt. Viele, die sich sehr klug dünken und die sich, aus diesem Grunde wie sie meinten, von seinem Äußern abgestoßen fühlten, hat er durch sein Wort stark angezogen. Nun gibt es aber wieder Leute, die sein Äußeres gleichgültig läßt, denen aber sein Wort heuchlerisch erscheint. Ich, als Vater, will hier nicht entscheiden, doch muß ich eingestehen, daß die letzteren Beurteiler jedenfalls beachtenswerter sind als die ersteren.

Mein elfter Sohn ist zart, wohl der schwächste unter meinen Söhnen; aber täuschend in seiner Schwäche; er kann nämlich zu Zeiten kräftig und bestimmt sein, doch ist allerdings selbst dann die Schwäche irgendwie grundlegend. Es ist aber keine beschämende Schwäche, sondern etwas, das nur auf diesem unsern Erdboden als Schwäche erscheint. Ist nicht zum Beispiel auch Flugbereitschaft Schwäche, da sie doch Schwanken und Unbestimmtheit und Flattern ist? Etwas Derartiges zeigt mein Sohn. Den Vater freuen natürlich solche Eigenschaften nicht; sie gehen ja offenbar auf Zerstörung der Familie aus. Manchmal blickt er mich an, als wollte er mir sagen: 'Ich werde dich mitnehmen, Vater.' Dann denke ich: 'Du wärst der Letzte, dem ich mich vertraue.' Und sein Blick scheint wieder zu sagen: 'Mag ich also wenigstens der Letzte sein.'

Das sind die elf Söhne.

The Bucket Rider

The coal all consumed; the bucket empty; the shovel useless; the stove breathing out cold air; the room freezing; outside the window, the trees are rigid, covered with rime; the sky is a silver shield against anyone seeking some help from it. I must get some coal; I cannot freeze to death; behind me is the pitiless stove, before me the pitiless sky, so I must ride out between them, and on my journey seek some aid from the coal-dealer. But he has already grown deaf to ordinary appeals; I must irrefutably prove to him that I have not a single grain of coal left, and that he means to me the very sun in the firmament. I must go to him like a beggar that, already with the death rattle in his throat, insists on dying on the doorsteps, and to whom the cook maid decides to give the dregs of the coffeepot; similarly must the coal-dealer, although filled with rage, under the beam of the commandment "Thou shalt not kill," fling a shovelful of coal into my bucket.

Already, my take off itself must decide the matter; so I ride off on the bucket. As bucket rider, seated on the bucket, my hands on the handle, the simplest kind of bridle, I propel myself with difficulty down the stairs; but once downstairs my bucket ascends, splendid, splendid; camels humbly squatting on the ground do not rise with more dignity, as they quiver under the sticks of their riders. Through the hard-frozen streets we go at a regular canter; often I rise as high as the upper floor of a house; never do I sink as low as the house doors. And at last I float at an extraordinary height above the vaulted cellar of the dealer, whom I see far below, crouched over his table, where he is writing; he has opened the door to let out the excessive heat.

"Coal-dealer!" I cry in a voice burnt and hollowed by the frost and muffled in the cloud made by my breath, "please, coal-dealer, give me a little coal. My bucket is so light that I can ride on it. Be kind. As soon as I can, I'll pay you."

The dealer puts his hand to his ear. "Do I hear right?" he asks the question from over his shoulder to his wife, who is knitting by the stove. "Do I hear right? A customer."

"I hear nothing at all," says his wife, breathing in and out peacefully, as she knits on, her back pleasantly warmed by the heat.

"Oh yes, you must hear," I cry. "It's me; an old customer; a loyal one; only without means at this moment."

"Wife," says the dealer, "it's someone, it must be; my ears can't have deceived me so much as that; it must be an old, a very old customer, who knows how to talk to my heart."

"What's with you, man?" says the wife, pausing her work for a moment and pressing her knitting to her bosom. "There's nobody, the street is empty, all our customers have been supplied; we could even close down the shop for several days and take a rest."

"But I am sitting up here on the bucket," I cry, and numb, frozen tears dim my eyes, "please look up here, just once; you'll see me right away; I beg you, just a shovelful; and if you give me two you will make me happy beyond anything." Indeed, all the other customers have been supplied. Oh, I already hear the bucket rattling!

"I'm coming," says the coal-dealer, and on his short legs he is about to climb the steps of the cellar, but his wife is already beside him, holds him back by the arm and says: "You stay here; don't be stubborn. I'll go myself. Think of the bad fit of coughing you had last night. But for some business, and one that is only a fantasy, you're prepared to forget your wife and child and sacrifice your lungs. I'll go."

"Then be sure to tell him all the kinds of coal we have in stock! I'll shout out the prices to you."

"Right," says the wife, climbing up to the alley. Naturally, she sees me at once.

"Madame Coal-dealer" I cry, "my humblest greetings; just one shovelful of coal; here, in my bucket; I will carry it home myself. One shovelful, of the worst quality. I will pay you in full for it, of course, but not now, not now." What a knell-like sound the two words "not now" have, and how they bewilderingly mingle with the evening chimes that descend from the church tower nearby!

"Well, what does he want?" shouts the dealer. "Nothing," his wife shouts back, "there's nothing here; I see nothing, I hear nothing; only the six o'clock tolls, and now we close. The cold is monstrous; tomorrow we will likely have much work still."

She sees nothing and hears nothing; but all the same she loosens her apron strings and shakes it trying to blow me away. Unfortunately, this succeeds. My bucket has all the advantages of a good steed, but resilience does not have; it is too light; a woman's apron can uplift its legs from the floor.

"You, mean woman!" I shout back, while she, turning into the shop, half-contemptuous, half-satisfied, strikes the air with her waving hand. "You, mean woman! A shovelful of the worst coal have I begged, and you have not given it to me." And with that, I climb up to the lands of the mountains of ice and I lose myself forever, never to be seen again.

Der Kübelreiter

Verbraucht alle Kohle; leer der Kübel; sinnlos die Schaufel; Kälte atmend der Ofen; das Zimmer vollgeblasen von Frost; vor dem Fenster Bäume starr im Reif; der Himmel, ein silberner Schild gegen den, der von ihm Hilfe will. Ich muß Kohle haben; ich darf doch nicht erfrieren; hinter mir der erbarmungslose Ofen, vor mir der Himmel ebenso, infolgedessen muß ich scharf zwischendurch reiten und in der Mitte beim Kohlenhändler Hilfe suchen. Gegen meine gewöhnlichen Bitten aber ist er schon abgestumpft; ich muß ihm ganz genau nachweisen, daß ich kein einziges Kohlenstäubchen mehr habe und daß er daher für mich geradezu die Sonne am Firmament bedeutet. Ich muß kommen wie der Bettler, der röchelnd vor Hunger an der Türschwelle verenden will und dem deshalb die Herrschaftsköchin den Bodensatz des letzten Kaffees einzuflößen sich entscheidet; ebenso muß mir der Händler, wütend, aber unter dem Strahl des Gebotes »Du sollst nicht töten!« eine Schaufel voll in den Kübel schleudern.

Meine Auffahrt schon muß es entscheiden; ich reite deshalb auf dem Kübel hin. Als Kübelreiter, die Hand oben am Griff, dem einfachsten

Zaumzeug, drehe ich mich beschwerlich die Treppe hinab; unten aber steigt mein Kübel auf, prächtig, prächtig; Kamele, niedrig am Boden hingelagert, steigen, sich schüttelnd unter dem Stock des Führers, nicht schöner auf. Durch die festgefrorene Gasse geht es in ebenmäßigem Trab; oft werde ich bis zur Höhe der ersten Stockwerke gehoben; niemals sinke ich bis zur Haustüre hinab. Und außergewöhnlich hoch schwebe ich vor dem Kellergewölbe des Händlers, in dem er tief unten an seinem Tischchen kauert und schreibt; um die übergroße Hitze abzulassen, hat er die Tür geöffnet.

»Kohlenhändler!« rufe ich mit vor Kälte hohlgebrannter Stimme, in Rauchwolken des Atems gehüllt, »bitte, Kohlenhändler, gib mir ein wenig Kohle. Mein Kübel ist schon so leer, daß ich auf ihm reiten kann. Sei so gut. Sobald ich kann, bezahle ich's.«

Der Händler legt die Hand ans Ohr. »Hör ich recht?« fragte er über die Schulter weg seine Frau, die auf der Ofenbank strickt, »hör ich recht? Eine Kundschaft.«

»Ich höre gar nichts«, sagt die Frau, ruhig aus - und einatmend über den Stricknadeln, wohlig im Rücken gewärmt.

»O ja«, rufe ich, »ich bin es; eine alte Kundschaft; treu ergeben; nur augenblicklich mittellos.«

»Frau«, sagt der Händler, »es ist, es ist jemand; so sehr kann ich mich doch nicht täuschen; eine alte, eine sehr alte Kundschaft muß es sein, die mir so zum Herzen zu sprechen weiß.«

»Was hast du, Mann?« sagte die Frau und drückt, einen Augenblick ausruhend, die Handarbeit an die Brust, »niemand ist es, die Gasse ist leer, alle unsere Kundschaft ist versorgt; wir können für Tage das Geschäft sperren und ausruhn.«

»Aber ich sitze doch hier auf dem Kübel«, rufe ich und gefühllose Tränen der Kälte verschleiern mir die Augen. »Bitte seht doch herauf; Ihr werdet mich gleich entdecken; um eine Schaufel voll bitte ich; und gebt Ihr zwei, macht Ihr mich überglücklich. Es ist doch schon alle übrige Kundschaft versorgt. Ach, hörte ich es doch schon in dem Kübel klappern!«

»Ich komme«, sagt der Händler und kurzbeinig will er die Kellertreppe emporsteigen, aber die Frau ist schon bei ihm, hält ihn beim Arm fest und sagt: »Du bleibst. Läßt du von deinem Eigensinn nicht ab, so gehe ich hinauf. Erinnere dich an deinen schweren Husten heute nacht. Aber für ein Geschäft und sei es auch nur ein eingebildetes, vergißt du Frau und Kind und opferst deine Lungen. Ich gehe.« »Dann nenn ihm aber alle Sorten, die wir auf Lager haben; die Preise rufe ich dir nach.« »Gut«, sagte die Frau und steigt zur Gasse auf. Natürlich sieht sie mich gleich. »

Frau Kohlenhändlerin«, rufe ich, »ergebenen Gruß; nur eine Schaufel Kohle; gleich hier in den Kübel; ich führe sie selbst nach Hause; eine Schaufel von der schlechtesten. Ich bezahle sie natürlich voll, aber nicht gleich, nicht gleich.« Was für ein Glockenklang sind die zwei Worte ›nicht gleich‹ und wie sinnverwirrend mischen sie sich mit dem Abendläuten, das eben vom nahen Kirchturm zu hören ist!

»Was will er also haben?« ruft der Händler. »Nichts«, ruft die Frau zurück, »es ist ja nichts; ich sehe nichts, ich höre nichts; nur sechs Uhr läutet es und wir schließen. Ungeheuer ist die Kälte; morgen werden wir wahrscheinlich noch viel Arbeit haben.«

Sie sieht nichts und hört nichts; aber dennoch löst sie das Schürzenband und versucht mich mit der Schürze fortzuwehen. Leider gelingt es. Alle Vorzüge eines guten Reittieres hat mein Kübel; Widerstandskraft hat er nicht; zu leicht ist er; eine Frauenschürze jagt ihm die Beine vom Boden.

»Du Böse«, rufe ich noch zurück, während sie, zum Geschäft sich wendend, halb verächtlich, halb befriedigt mit der Hand in die Luft schlägt »du Böse! Um eine Schaufel von der schlechtesten habe ich gebeten und du hast sie mir nicht gegeben.« Und damit steige ich in die Regionen der

Eisgebirge   und   verliere   mich   auf
Nimmerwiedersehen.

A Visit to a Mine

Today the head engineers were down with us. There has been some order from the directory board to create new tunnels, therefore the engineers came to make the preliminary measurements. How young these people are, yet already so diverse! They have all developed freely, and already at such early age, their own specific traits show.

One, black-haired, lively, lets his eyes run everywhere. A second with a notepad, as he walks makes records, looks around, comparing notes. A third one, his hands in his jacket pockets, so that it is all tight, goes about upright; he holds his dignity; only the continual biting of his lips betrays the impatient, non repressed youth. A fourth gives the third explanations that are not requested; shorter than him, like a tempter walks beside him, the index finger is always in the air, as to recite a litany of everything to be observed. A fifth, perhaps the highest in rank, will not tolerate any support; now is ahead, now is behind; The whole company pace their steps after him; he is pale and weak; the responsibility has hollowed out his eyes; he often presses his hand against the forehead while thinking.

The sixth and seventh to go a little hunched, head to head, arm in arm, in confidential conversation;

if we were not obviously here in our our coal mine and our work in the deepest tunnels, one might think that these bony, beardless, bulbous-nosed gentlemen were young clergyman.

One laughs mostly to himself, like a cat that is purring; the other, also smiling, leads his words and with the free hand beats some rhythm.

How secure must these two gentlemen feel in their positions, what merits must they have already acquired within our mine if, despite their young age, here on such an important commission, under the eyes of their boss, they can so unwaveringly occupy themselves with small matters of their own, or at least matters not immediately related to their current task. Or could it be possible that, in spite of all the laughs and lack of attention, they actually notice all that is necessary? One can hardly dare to give a definitive judgement over these gentlemen.On the other hand, there is no doubt that, for example, the eighth one pays incomparably more attention than anyone else to the matter. He must touch everything and taps with a small hammer, that he keeps pulling out of his pocket and then puts back in again. Sometimes, in spite of his elegant clothes, he kneels down in the dirt and taps on the ground, then again, as he walks, the walls or the ceiling above his head. Once, he lay down flat and remained there still; we already thought that a bad accident had happened; but then he jumped up with a small wince of his slender body. He had simply made an additional investigation. We think we know our mine and its stones, but what has this engineer exactly examined in this way is to us incomprehensible. A ninth pushes forward a kind of stroller, in which lies the measuring instrument. An extremely valuable equipment, deeply protected by cotton wool. Actually, this cart should be pushed by the servant, but it is not entrusted to him; an engineer had to be called in, and he does it happily, as anyone can see. He is probably the youngest, perhaps he still does not understand all the machinery, but his eyes rest continually on it, so that he sometimes comes close to push the cart into a wall. But there is another engineer who gets close to the cart and prevents this from happening.

Obviously, the latter understands the machinery inside out and seems to be its real depositary. From time to time, without stopping the cart, he takes a part of the equipment out and looks through, tightens or looses a screw, shakes and taps, holds his ear and listens; and finally puts the minuscule object, barely visible from a distance, back in the cart with all the caution, while in such occasion the cart's driver stops. A bit of a despot is this engineer, but only on behalf of the devices. It is enough a silent sign of his finger, that ten steps from the cart we already have to move aside, although there is nowhere room to evade. Behind these two gentlemen goes the unoccupied servant. The gentlemen, as it is natural given their great knowledge, have long let go of any pride; the servant on the other hand seems to have collected it for himself. The one hand in the back, stroking with the other his gilt buttons or the fine cloth of his uniform, he nods repeatedly right and left, as if we had greeted him and he replied, or as if he supposed we had greeted him but from his height he could not have verified. Of course, we do not greet him, but by the sight of him, one would be led to believe that there is something monstrous in being a servant in the chancellery of the direction of the mine. We laugh behind his back, however, as even a thunderbolt could not induce him to turn around, and he remains something that escapes our comprehension.

Today we will have little more work to do; the interruption was too extensive; such a visit takes all thoughts about work away. Too tempting it is looking these gentlemen in the darkness of the pilot tunnel, in which they all disappeared. Our work shift is also almost over; we will not see them returning anymore.

Ein Besuch im Bergwerk

Heute waren die obersten Ingenieure bei uns unten. Es ist irgendein Auftrag der Direktion ergangen, neue Stollen zu legen, und da kamen die Ingenieure, um die allerersten Ausmessungen vorzunehmen. Wie jung diese Leute sind und dabei schon so verschiedenartig! Sie haben sich alle frei entwickelt, und ungebunden zeigt sich ihr klar bestimmtes Wesen schon in jungen Jahren.

Einer, schwarzhaarig, lebhaft, läßt seine Augen überallhin laufen.

Ein Zweiter mit einem Notizblock, macht im Gehen Aufzeichnungen, sieht umher, vergleicht, notiert.

Ein Dritter, die Hände in den Rocktaschen, so daß sich alles an ihm spannt, geht aufrecht; wahrt die Würde; nur im fortwährenden Beißen seiner Lippen zeigt sich die ungeduldige, nicht zu unterdrückende Jugend.

Ein Vierter gibt dem Dritten Erklärungen, die dieser nicht verlangt; kleiner als er, wie ein Versucher neben ihm herlaufend, scheint er, den Zeigefinger immer in der Luft, eine Litanei über alles, was hier zu sehen ist, ihm vorzutragen.

Ein Fünfter, vielleicht der oberste im Rang, duldet keine Begleitung; ist bald vorn, bald hinten; die Gesellschaft richtet ihren Schritt nach ihm; er ist bleich und schwach; die Verantwortung hat seine Augen ausgehöhlt; oft drückt er im Nachdenken die Hand an die Stirn.

Der Sechste und Siebente gehen ein wenig gebückt, Kopf nah an Kopf, Arm in Arm, in vertrautem Gespräch; wäre hier nicht offenbar unser Kohlenbergwerk und unser Arbeitsplatz im tiefsten Stollen, könnte man glauben, diese knochigen, bartlosen, knollennasigen Herren seien junge Geistliche. Der eine lacht meistens mit katzenartigem Schnurren in sich hinein; der andere, gleichfalls lächelnd, führt das Wort und gibt mit der freien Hand irgendeinen Takt dazu. Wie sicher müssen diese zwei Herren ihrer Stellung sein, ja welche Verdienste müssen sie sich trotz ihrer Jugend um unser Bergwerk schon erworben haben, daß sie hier, bei einer so wichtigen Begehung, unter den Augen ihres Chefs, nur mit eigenen oder wenigstens mit solchen Angelegenheiten, die nicht mit der augenblicklichen Aufgabe zusammenhängen, so unbeirrbar sich beschäftigen dürfen. Oder sollte es möglich sein, daß sie, trotz alles Lachens und aller Unaufmerksamkeit, das, was nötig ist, sehr wohl bemerken? Man wagt über solche Herren kaum ein bestimmtes Urteil abzugeben.

Andererseits ist es aber doch wieder zweifellos, daß zum Beispiel der Achte unvergleichlich mehr als diese, ja mehr als alle anderen Herren bei der Sache ist. Er muß alles anfassen und mit einem kleinen Hammer, den er immer wieder aus der Tasche zieht und immer wieder dort verwahrt, beklopfen. Manchmal kniet er trotz seiner eleganten Kleidung in den Schmutz nieder und beklopft den Boden, dann wieder nur im Gehen die Wände oder die Decke über seinem Kopf. Einmal hat er sich lang hingelegt und lag dort still; wir dachten schon, es sei ein Unglück geschehen; aber dann sprang er mit einem kleinen Zusammenzucken seines schlanken Körpers auf. Er hatte also wieder nur eine Untersuchung gemacht. Wir glauben unser Bergwerk und seine Steine zu kennen, aber was dieser Ingenieur auf diese Weise hier immerfort untersucht, ist uns unverständlich.

Ein Neunter schiebt vor sich eine Art Kinderwagen, in welchem die Meßapparate liegen. Äußerst kostbare Apparate, tief in zarteste Watte eingelegt. Diesen Wagen sollte ja eigentlich der Diener schieben, aber es wird ihm nicht anvertraut; ein Ingenieur mußte heran, und er tut es gern, wie man sieht. Er ist wohl der Jüngste, vielleicht versteht er noch gar nicht alle Apparate, aber sein Blick ruht immerfort auf ihnen, fast kommt er dadurch manchmal in Gefahr, mit dem Wagen an eine Wand zu stoßen.

Aber da ist ein anderer Ingenieur, der neben dem Wagen hergeht und es verhindert. Dieser versteht offenbar die Apparate von Grund aus und scheint ihr eigentlicher Verwahrer zu sein. Von Zeit zu Zeit nimmt er, ohne den Wagen anzuhalten, einen Bestandteil der Apparate heraus, blickt hindurch, schraubt auf oder zu, schüttelt und beklopft, hält ans Ohr und horcht; und legt schließlich, während der Wagenführer meist stillsteht, das kleine, von der Ferne kaum sichtbare Ding mit aller Vorsicht wieder in den Wagen. Ein wenig herrschsüchtig ist dieser Ingenieur, aber doch nur im Namen der Apparate. Zehn Schritte vor dem Wagen sollen wir schon, auf ein wortloses Fingerzeichen hin, zur Seite weichen, selbst dort, wo kein Platz zum Ausweichen ist.

Hinter diesen zwei Herren geht der unbeschäftigte Diener. Die Herren haben, wie es bei ihrem großen Wissen selbstverständlich ist, längst jeden Hochmut abgelegt, der Diener dagegen scheint ihn in sich aufgesammelt zu haben. Die eine Hand im Rücken, mit der anderen vorn über seine vergoldeten Knöpfe oder das feine Tuch seines Livreerockes streichend, nickt er öfters nach rechts und links, so als ob wir gegrüßt hätten und er antwortete, oder so, als nehme er an, daß wir gegrüßt hätten, könne es aber von seiner Höhe aus nicht nachprüfen. Natürlich grüßen wir ihn nicht, aber doch möchte man bei seinem Anblick fast glauben, es sei etwas Ungeheures, Kanzleidiener der Bergdirektion zu sein. Hinter ihm lachen wir allerdings, aber da auch ein Donnerschlag ihn nicht veranlassen könnte, sich umzudrehen, bleibt er doch als etwas Unverständliches in unserer Achtung.

Heute wird wenig mehr gearbeitet; die Unterbrechung war zu ausgiebig; ein solcher Besuch nimmt alle Gedanken an Arbeit mit sich fort. Allzu verlockend ist es, den Herren in das Dunkel des Probestollens nachzublicken, in dem sie alle verschwunden sind. Auch geht unsere Arbeitsschicht bald zu Ende; wir werden die Rückkehr der Herren nicht mehr mit ansehen.

An Old Manuscript (or An Old Leaf)

It looks if as there has been much neglect in the defense of our country. So far, we have not taken much care of it and have rather pursued our own work; but the recent events make us worried.

I own a shoemaker's workshop in the square in front of the imperial palace. As soon as I open my shop at dawn, I see all the streets occupied by men in arms. Yet, they are not our soldiers, but obviously nomads from the north. In some way that I do not comprehend, they have penetrated up to the capital, which is quite far from the border. Anyway, they are here; it seems that every morning they become more and more.

According to their nature, they dwell in open air under the sky, for they abhor living in houses.

They spend their time sharpening their swords, tapering the shaft of their arrows, exercising on the back of their horses. Of this square, quiet and always kept obsessively clean, they made a real stable.

We actually try, at times, to get out from our shops to remove at least the worst filth, yet that happens now less and less, as our effort is useless and puts us in the danger to be stumped by the wild horses or injured by the whips. Speaking with the nomads it is not possible. They do not know our language, and they barely have one of their own. Among themselves they communicate like jackdaws. Again and again one hears this cry of jackdaws.

Our lifestyle, our institutions, to them they are incomprehensible, as well as indifferent. Consequently, they show hostility also to any sign language: you can dislocate the jaw and squirm your hands out of the wrists, they do not understand you and will never do.

Often they make grimaces, they turn the white of their eyes, and foam swells out of their mouth, but by that it is not that they mean to say something or even frighten you; they do it because such is their nature. What they need, they take. One can not say they make use of violence: if they want something, everyone steps aside and lets everything go.

Also from my supplies they have taken away quite a bit. However, I cannot complain about it, when I look at the butcher right across for example. As soon as he brings his goods to the store, everything is snatched and devoured by the nomads. Even their horses eat meat; often a rider lies next to his horse and they both eat from the same piece of meat, each at one end. The butcher is scared and does not dare to interrupt his meat supplies. We understand the situation and collect money to support him. Were the nomads not getting meat, who knows what they would think of doing; yet, who knows what will occur to them anyways, even when they get meat every day.

Not long ago the butcher had a thought, that he could save himself the trouble of slaughtering, and brought in the morning a live ox. This must not happen again. I had to lie flat about an hour on the floor in the back of my workshop, and had to put all my clothes, blankets and cushions piled on me, so that I would not hear the roar of the ox, since the nomads were leaping from all sides, to tear away with their teeth pieces of its warm flesh. Silence had long settled before I dared to go out; as drinkers around a wine cask, they were laying, tired, around the remains of the ox.

Exactly at that time, I thought that I had seen the emperor in person in a window of the palace; otherwise he never comes out to these outer chambers, as he only lives in the innermost garden; but this time, so at least it seemed to me, at the window, his head bowed, he looked down at the hustle and bustle in front of his castle.

"What will it happen?" we all ask ourselves. "How long still will we have to bear this burden and torment? The imperial palace lured the nomads, but it does not know how to dispel them again. The gate remains closed; the guard, which before would always march in and out in a festive manner, stays behind barred windows. To us craftsmen and tradesmen is entrusted the salvation of the country; but we are not up to such a task; neither have we ever boasted being capable of it. It is a misunderstanding; and because of this we will perish."

Ein altes Blatt

Es ist, als wäre viel vernachlässigt worden in der Verteidigung unseres Vaterlandes. Wir haben uns bisher nicht darum gekümmert und sind unserer Arbeit nachgegangen; die Ereignisse der letzten Zeit machen uns aber Sorgen.

Ich habe eine Schusterwerkstatt auf dem Platz vor dem kaiserlichen Palast. Kaum öffne ich in der Morgendämmerung meinen Laden, sehe ich schon die Eingänge aller hier einlaufenden Gassen von Bewaffneten besetzt. Es sind aber nicht unsere Soldaten, sondern offenbar Nomaden aus dem Norden. Auf eine mir unbegreifliche Weise sind sie bis in die Hauptstadt gedrungen, die doch sehr weit von der Grenze entfernt ist. Jedenfalls sind sie also da; es scheint, daß jeden Morgen mehr werden.

Ihrer Natur entsprechend lagern sie unter freiem Himmel, denn Wohnhäuser verabscheuen sie. Sie beschäftigen sich mit dem Schärfen der Schwerter, dem Zuspitzen der Pfeile, mit Übungen zu Pferde. Aus diesem stillen, immer ängstlich rein gehaltenen Platz haben sie einen wahren Stall gemacht. Wir versuchen zwar manchmal aus unseren Geschäften hervorzulaufen und wenigstens den ärgsten Unrat wegzuschaffen, aber es geschieht immer seltener, denn die Anstrengung ist nutzlos und bringt uns überdies in die Gefahr, unter die wilden Pferde zu kommen oder von den Peitschen verletzt zu werden.

Sprechen kann man mit den Nomaden nicht. Unsere Sprache kennen sie nicht, ja sie haben kaum eine eigene. Untereinander verständigen sie sich ähnlich wie Dohlen. Immer wieder hört man diesen Schrei der Dohlen. Unsere Lebensweise, unsere Einrichtungen sind ihnen ebenso unbegreiflich wie gleichgültig. Infolgedessen zeigen sie sich auch gegen jede Zeichensprache ablehnend. Du magst dir die Kiefer verrenken und die Hände aus den Gelenken winden, sie haben dich doch nicht verstanden und werden dich nie verstehen. Oft machen sie Grimassen; dann dreht sich das Weiß ihrer Augen und Schaum schwillt aus ihrem Munde, doch wollen sie damit weder etwas sagen noch auch erschrecken; sie tun es, weil es so ihre Art ist. Was sie brauchen, nehmen sie. Man kann nicht sagen, daß sie Gewalt anwenden. Vor ihrem Zugriff tritt man beiseite und überläßt ihnen alles.

Auch von meinen Vorräten haben sie manches gute Stück genommen. Ich kann aber darüber nicht klagen, wenn ich zum Beispiel zusehe, wie es dem Fleischer gegenüber geht. Kaum bringt er seine Waren ein, ist ihm schon alles entrissen und wird von den Nomaden verschlungen. Auch ihre Pferde fressen Fleisch; oft liegt ein Reiter neben seinem Pferd und beide nähren sich vom gleichen Fleischstück, jeder an einem Ende. Der Fleischhauer ist ängstlich und wagt es nicht, mit den Fleischlieferungen aufzuhören. Wir verstehen das aber, schießen Geld zusammen und unterstützen ihn. Bekämen die Nomaden kein Fleisch, wer weiß, was ihnen zu tun einfiele; wer weiß allerdings, was ihnen einfallen wird, selbst wenn sie täglich Fleisch bekommen.

Letzthin dachte der Fleischer, er könne sich wenigstens die Mühe des Schlachtens sparen, und brachte am Morgen einen lebendigen Ochsen. Das darf er nicht mehr wiederholen. Ich lag wohl eine Stunde ganz hinten in meiner Werkstatt platt auf dem Boden und alle meine Kleider, Decken und Polster hatte ich über mir aufgehäuft, nur um das Gebrüll des Ochsen nicht zu hören, den von allen Seiten die Nomaden ansprangen, um mit den Zähnen Stücke aus seinem warmen Fleisch zu reißen. Schon lange war es still, ehe ich mich auszugehen getraute; wie Trinker um ein Weinfaß lagen sie müde um die Reste des Ochsen.

Gerade damals glaubte ich den Kaiser selbst in einem Fenster des Palastes gesehen zu haben; niemals sonst kommt er in diese äußeren Gemächer, immer nur lebt er in dem innersten Garten; diesmal aber stand er, so schien es mir wenigstens, an einem der Fenster und blickte mit gesenktem Kopf auf das Treiben vor seinem Schloß.

»Wie wird es werden?«, fragen wir uns alle. »Wie lange werden wir diese Last und Qual ertragen? Der kaiserliche Palast hat die Nomaden angelockt, versteht es aber nicht, sie wieder zu vertreiben. Das Tor bleibt verschlossen; die Wache, früher immer festlich ein und ausmarschierend, hält sich hinter vergitterten Fenstern. Uns Handwerkern und Geschäftsleuten ist die Rettung des Vaterlandes anvertraut; wir sind aber einer solchen Aufgabe nicht gewachsen; haben uns doch auch nie gerühmt, dessen fähig zu sein. Ein Mißverständnis ist es; und wir gehen daran zugrunde.«

Up in the Gallery

If some frail, consumptive equestrienne were to be driven in circles around and around the ring for months and months, without interruption, in front of a tireless public, on a fluctuating horse, by a merciless whip-wielding master, spinning on the horse, throwing kisses and swaying at the waist, and if this game, amid the incessant roar of the orchestra and the ventilators, were to protract into the ever-expanding, gray future, accompanied by applauses of hands, which fade and rise again and actually are steam hammers, perhaps then a young gallery's spectator might rush down the long staircase through all the rows, burst into the ring, and shout "Stop!" through the fanfares of the always adjusting orchestra.

But it is not so; a beautiful woman, in white and red, flies in through the curtains, opened by proud men in livery in front of her; the director, devotedly seeking her eyes, breathes towards her direction, as a docile animal; with caution, he lifts her up on the dapple-gray horse, as if she were his most beloved granddaughter, as she embarks on a dangerous journey; but he cannot decide to give the signal with his whip; finally, exercising his willpower, gives it a crack, runs right beside the horse with his mouth open, follows the rider's leaps with a vigilant eye, hardly capable of comprehending her skill; he tries to warn her by calling out in English; furiously, he calls the grooms holding the hoops, exhorting them to pay the most scrupulous attention; before the great jump, with upraised arms he begs the orchestra to be silent; finally, he lifts the girl from the trembling horse, kisses her on both cheeks, deeming the audience's homage never to be adequate; meanwhile, sustained by him, she herself, high on the tips of her toes, with dust whirling around, arms outstretched and her cute head thrown back, wants to share her luck with the entire circus—since it is so, the gallery's spectator puts his face on the parapet and, sinking into the final march as into a bad dream, weeps, without realizing it.

Auf der Galerie

Wenn irgendeine hinfällige, lungensüchtige Kunstreiterin in der Manege auf schwankendem Pferd vor einem unermüdlichen Publikum vom peitschenschwingenden erbarmungslosen Chef monatelang ohne Unterbrechung im Kreise rundum getrieben würde, auf dem Pferde schwirrend, Küsse werfend, in der Taille sich wiegend, und wenn dieses Spiel unter dem nichtaussetzenden Brausen des Orchesters und der Ventilatoren in die immerfort weiter sich öffnende graue Zukunft sich fortsetzte, begleitet vom vergehenden und neu anschwellenden Beifallsklatschen der Hände, die eigentlich Dampfhämmer sind - vielleicht eilte dann ein junger Galeriebesucher die lange Treppe durch alle Ränge hinab, stürzte in die Manege, rief das: Halt! durch die Fanfaren des immer sich anpassenden Orchesters.

Da es aber nicht so ist; eine schöne Dame, weiß und rot, hereinfliegt, zwischen den Vorhängen, welche die stolzen Livrierten vor ihr öffnen; der Direktor, hingebungsvoll ihre

Augen suchend, in Tierhaltung ihr entgegenatmet; vorsorglich sie auf den Apfelschimmel hebt, als wäre sie seine über alles geliebte Enkelin, die sich auf gefährliche Fahrt begibt; sich nicht entschließen kann, das Peitschenzeichen zu geben; schließlich in Selbstüberwindung es knallend gibt; neben dem Pferde mit offenem Munde einherläuft; die Sprünge der Reiterin scharfen Blickes verfolgt; ihre Kunstfertigkeit kaum begreifen kann; mit englischen Ausrufen zu warnen versucht; die reifenhaltenden Reitknechte wütend zu peinlichster Achtsamkeit ermahnt; vor dem großen Salto mortale das Orchester mit aufgehobenen Händen beschwört, es möge schweigen; schließlich die Kleine vom zitternden Pferde hebt, auf beide Backen küßt und keine Huldigung des Publikums für genügend erachtet; während sie selbst, von ihm gestützt, hoch auf den Fußspitzen, vom Staub umweht, mit ausgebreiteten Armen, zurückgelehntem Köpfchen ihr Glück mit dem ganzen Zirkus teilen will - da dies so ist, legt der Galeriebesucher das Gesicht auf die Brüstung und, im Schlußmarsch wie in einem schweren Traum versinkend, weint er, ohne es zu wissen.

Great Noise

I sit in my room, the headquarter of noise of the entire apartment. All the doors I hear slamming, and by such noise I am spared only the continuous footsteps between them – still I hear the stove's door shutting in the kitchen. Our father barges through the doors of my room and crosses through and his nightgown trails behind him; the ashes are being scraped from the oven in the next room; Valli, bellowing word by word through the hall, asks if father's hat has been cleaned already. A hiss, that wants to befriend me, still carries the scream of a responding voice. The house door is unlatched and blows open, like a catarrhal throat that opens wider with the singing of a female voice and finally closes itself with a dull, manly and most ruthless jolt. Father has gone; now begins the delicate, scattered, helpless noise led by the voices of two canaries. I had thought of that earlier, and now with the canaries it occurs to me again, whether I should open the door a crack and, like a snake, slither into the next room and beg my sisters and their governess on the ground floor for some quiet.

Großer Lärm

Ich sitze in meinem Zimmer im Hauptquartier des Lärms der ganzen Wohnung. Alle Türen höre ich schlagen, durch ihren Lärm bleiben mir nur die Schritte der zwischen ihnen Laufenden erspart, noch das Zuklappen der Herdtüre in der Küche höre ich. Der Vater durchbricht die Türen meines Zimmers und zieht im nachschleppenden Schlafrock durch, aus dem Ofen im Nebenzimmer wird die Asche gekratzt, Valli fragt, durch das Vorzimmer Wort für Wort rufend, ob des Vaters Hut schon geputzt ist, ein Zischen, das mir befreundet sein will, erhebt noch das Geschrei einer antwortenden Stimme. Die Wohnungstüre wird aufgeklinkt und lärmt, wie aus katarralischem Hals, öffnet sich dann weiterhin mit dem Singen einer Frauenstimme und schließt sich endlich mit einem dumpfen, männlichen Ruck, der sich am rücksichtslosesten anhört. Der Vater ist weg, jetzt beginnt der zartere, zerstreutere, hoffnungslosere Lärm, von den Stimmen der zwei Kanarienvögel angeführt. Schon früher dachte ich daran, bei den Kanarienvögeln fällt es mir von neuem ein, ob ich nicht die Türe bis zu einer kleinen Spalte öffnen, schlangengleich ins Nebenzimmer kriechen und so auf dem Boden meine Schwestern und ihr Fräulein um Ruhe bitten sollte.

Jackals and Arabs

We were camping in the oasis. My companions were asleep. An Arab, tall and white, went past me; he had tended to his camels and was going to his sleeping place.

I threw myself on my back on the grass; I wanted to sleep; I couldn't; the howling of a jackal in the distance; I sat up straight again. And what had been so far away was suddenly close by. A multitude of jackals around me; their eyes flashing dull gold and then extinguishing; lean bodies moving in a nimble, coordinated manner, as if responding to a whip.

One of them came from behind, pushed himself under my arm, right against me, as if it needed my warmth, then stepped in front of me and spoke, almost eye to eye with me:

"I'm the oldest jackal far and wide. I'm happy that I'm still able to welcome you here. I had almost given up hope, for we've been waiting for you an infinitely long time. My mother waited, and her mother, and all her mothers, right back to the mother of all jackals. Believe it!"

"That surprises me," I said, forgetting to light the pile of wood which laid ready to keep the jackals away with its smoke, "That surprises me to hear. Only by chance I've come from the high north and I meant to be just in a short trip. What do you jackals want then?"

As if encouraged by this, perhaps too friendly, conversation they drew their circle more closely around me, all of them panting and snarling.

"We know," the oldest began, "that you come from the north, and on that alone rests our hope. In the north there is a way of understanding things, that one cannot find here among the Arabs. From their cool arrogance, you know, one cannot beat a spark of common sense. They kill animals to eat them, and they disregard the carcasses."

"Don't speak so loud," I said, "there are Arabs sleeping close by."

"You really are a stranger," said the jackal, "otherwise you would know that throughout the history of the world a jackal has never yet feared an Arab. Should we fear them? Is it not misfortune enough that we have been outcast under such people?"

"Maybe, maybe," I said. "I'm not up to judging things which are so far from me; it seems to be a very old fight; it's probably in the blood and so, perhaps, will only end with blood."

"You are very clever," said the old jackal; and they all breathed even more quickly, with harried lungs, although they were standing still; a bitter smell, which I could temporarily bear only by clenching my teeth, emanated from their open mouths. "You are very clever. What you said corresponds to our ancient doctrine. So we take their blood, and the fight is over."

"Oh," I said, in a wilder manner than I intended, "they'll defend themselves. They'll shoot you down in droves with their guns." "You misunderstand us," he said, "a trait of human beings which has not disappeared, not even in the high north. We are not going to kill them. The Nile does not have enough water to wash us clean. At the mere sight of their living bodies, we immediately run away into cleaner air, into the desert, that is therefore our home."

All the jackals around, including many more that in the meantime had joined coming from afar, lowered their heads between the forelegs and wiped them with their paws; it was as if they wanted to conceal an aversion, which was so dreadful that I would have much preferred to escape beyond their circle with a high jump.

"So what do you intend to do?" I asked. I wanted to stand up, but I couldn't; two young animals were holding me firmly from behind, biting my jacket and shirt. I had to remain seated. "They are holding your train," said the old jackal seriously, by way of explanation, "a sign of respect."

"They should let me go," I cried out, turning now to the old one, now to the young ones. "They will, of course," said the old one, "if that's what you ask. But it will take a little while, for, as is our habit, they have dug in their teeth deep and must disengage their bites gradually. Meanwhile, listen to our prayer." "Your conduct has not made me very receptive to it," I said. "Don't make us pay for our clumsiness," he said, and now for the first time he brought the wailing tone of his natural voice to his assistance. "We are poor animals, all we have is our teeth; for everything we want to do, the good and the bad, only our teeth we have." "So what do you want?" I asked, only slightly appeased.

"Sir," he cried, and all the jackals howled; very remotely it sounded to me like a melody.

"Sir, you should end the fight which divides the world.

It is a man like you that our ancestors described as the one who will accomplish this. We must be free of the Arabs; air that we can breathe; a view of the horizon around us clear of Arabs; no cries of pain from a sheep which an Arab has knifed; all animals should die peacefully and be left undisturbed for us to make empty and clean right down to the bones. Purity—that's what we want, nothing but purity,"—now they were all crying and sobbing—"How can you bear it in this world, you noble heart and sweet entrails? Dirt is their white; dirt is their black; their beards are horrible; looking at the corner of their eyes makes one spit; and if they raise their arm, in their armpit hell opens up. Therefore, Sir, therefore, my dear Sir, with the help of your hands, your almighty hands, with these scissors slit right through their throats!" In response to a jerk of his head, a jackal came up carrying on its canine tooth a small pair of sewing scissors covered with old rust.

"So finally the scissors, and now stop it!" cried the Arab leader of our caravan, who had crept up on us upwind. Now he swung his big whip.

The jackals all fled quickly, but remained at some distance, huddled closely together, that many animals so tight and stiff that it looked as if they were in an enclosed pen with faint lanterns flitting about.

"So, you too, sir, have seen and heard this spectacle," said the Arab, laughing as cheerfully as the restraint of his race allowed. "So you know what the animals want?" I asked. "Of course, sir," he said. "That is universally known; as long as there are Arabs, these scissors will wander through the deserts and will wander with us till the end of time. Every European is offered them for the great work; every European is exactly the one that seems invoked for it. What an absurd hope these animals have; they're fools, real fools. That is why we are fond of them; they are our dogs, more beautiful than yours. Just watch this: in the night a camel died, I have had it brought here."

Four bearers came and threw the heavy carcass right before of us. As soon as it lay there, the jackals raised their voices. As if an irresistible rope drew each of them, they hesitantly crept forward, the body grazing the ground. They had forgotten the Arabs, forgotten their hatred, everything canceled by the presence of a strongly stinking corpse charming them.

One of them was already hanging at the camel's throat and with the first bite had found the artery. Like a small, furious pump, which desperately and hopelessly seeks to put out an overpowering fire, every muscle of its body pulled and twitched in its place. And right away all of them were lying there on the dead body, working in the same way, piled like a mountain.

Then the leader cracked his sharp whip vigorously in a criss-cross above them. They raised their heads, half inebriated and powerless, saw the Arab standing in front of them; they started to feel the whip on their muzzles, pulled back with a jump, and ran a distance backwards. But the camel's blood was already lying there in pools, smoking upwards, and the body was torn wide open in several places. They could not resist; they were there again; again the leader raised his whip; I grabbed his arm. "You are right, Sir," he said, "We'll leave them to their calling, besides, it's time to go. You have seen them. Wonderful animals, aren't they? And how they hate us!"

Schakale und Araber

Wir lagerten in der Oase. Die Gefährten schliefen. Ein Araber, hoch und weiß, kam an mir vorüber; er hatte die Kamele versorgt und ging zum Schlafplatz.

Ich warf mich rücklings ins Gras; ich wollte schlafen; ich konnte nicht; das Klagegeheul eines Schakals in der Ferne; ich saß wieder aufrecht. Und was so weit gewesen war, war plötzlich nah. Ein Gewimmel von Schakalen um mich her; in mattem Gold erglänzende, verlöschende Augen; schlanke Leiber, wie unter einer Peitsche gesetzmäßig und flink bewegt.

Einer kam von rückwärts, drängte sich, unter meinem Arm durch, eng an mich, als brauche er meine Wärme, trat dann vor mich und sprach, fast Aug in Aug mit mir:

»Ich bin der älteste Schakal, weit und breit. Ich bin glücklich, dich noch hier begrüßen zu können. Ich hatte schon die Hoffnung fast aufgegeben, denn wir warten unendlich lange auf dich; meine Mutter hat gewartet und ihre Mutter und weiter alle ihre

Mütter bis hinauf zur Mutter aller Schakale. Glaube es!«

»Das wundert mich«, sagte ich und vergaß, den Holzstoß anzuzünden, der bereitlag, um mit seinem Rauch die Schakale abzuhalten, »das wundert mich sehr zu hören. Nur zufällig komme ich aus dem hohen Norden und bin auf einer kurzen Reise begriffen. Was wollt ihr denn, Schakale?«

Und wie ermutigt durch diesen vielleicht allzu freundlichen Zuspruch zogen sie ihren Kreis enger um mich; alle atmeten kurz und fauchend.

»Wir wissen«, begann der Älteste, »daß du vom Norden kommst, darauf eben baut sich unsere Hoffnung. Dort ist der Verstand, der hier unter den Arabern nicht zu finden ist. Aus diesem kalten Hochmut, weißt du, ist kein Funken Verstand zu schlagen. Sie töten Tiere, um sie zu fressen, und Aas mißachten sie.«

»Rede nicht so laut«, sagte ich, »es schlafen Araber in der Nähe.«

»Du bist wirklich ein Fremder«, sagte der Schakal, »sonst wüßtest du, daß noch niemals in der Weltgeschichte ein Schakal einen Araber gefürchtet hat. Fürchten sollten wir sie? Ist es nicht Unglück genug, daß wir unter solches Volk verstoßen sind?«

»Mag sein, mag sein«, sagte ich, »ich maße mir kein Urteil an in Dingen, die mir so fern liegen; es scheint ein sehr alter Streit; liegt also wohl im Blut; wird also vielleicht erst mit dem Blute enden.«

»Du bist sehr klug«, sagte der alte Schakal; und alle atmeten noch schneller; mit gehetzten Lungen, trotzdem sie doch stillestanden; ein bitterer, zeitweilig nur mit zusammengeklemmten Zähnen erträglicher Geruch entströmte den offenen Mäulern, »du bist sehr klug; das, was du sagst, entspricht unserer alten Lehre. Wir nehmen ihnen also ihr Blut und der Streit ist zu Ende.«

»Oh!« sagte ich wilder, als ich wollte, »sie werden sich wehren; sie werden mit ihren Flinten euch rudelweise niederschießen.«

»Du mißverstehst uns«, sagte er, »nach Menschenart, die sich also auch im hohen Norden nicht verliert. Wir werden sie doch nicht töten. So viel Wasser hätte der Nil nicht, um uns rein zu waschen. Wir laufen doch schon vor dem bloßen Anblick ihres lebenden Leibes weg, in reinere Luft, in die Wüste, die deshalb unsere Heimat ist.«

Und alle Schakale ringsum, zu denen inzwischen noch viele von fern her gekommen waren, senkten die Köpfe zwischen die Vorderbeine und putzten sie mit den Pfoten; es war, als wollten sie einen Widerwillen verbergen, der so schrecklich war, daß ich am liebsten mit einem hohen Sprung aus ihrem Kreis entflohen wäre.

»Was beabsichtigt ihr also zu tun?« fragte ich und wollte aufstehn; aber ich konnte nicht; zwei junge Tiere hatten sich mir hinten in Rock und Hemd festgebissen; ich mußte sitzenbleiben. »Sie halten deine Schleppe«, sagte der alte Schakal erklärend und ernsthaft, »eine Ehrbezeigung.« »Sie sollen mich loslassen!« rief ich, bald zum Alten, bald zu den Jungen gewendet. »Sie werden es natürlich«, sagte der Alte, »wenn du es verlangst. Es dauert aber ein Weilchen, denn sie haben nach der Sitte tief sich eingebissen und müssen erst langsam die Gebisse voneinander lösen. Inzwischen höre unsere Bitte.« »Euer Verhalten hat mich dafür nicht sehr empfänglich gemacht«, sagte ich. »Laß uns unser Ungeschick nicht entgelten«, sagte er und nahm jetzt zum erstenmal den Klageton seiner natürlichen Stimme zu Hilfe, »wir sind arme Tiere, wir haben nur das Gebiß; für alles, was wir tun wollen, das Gute und das Schlechte, bleibt uns einzig das

Gebiß.« »Was willst du also?« fragte ich, nur wenig besänftigt.

»Herr« rief er, und alle Schakale heulten auf; in fernster Ferne schien es mir eine Melodie zu sein. »Herr, du sollst den Streit beenden, der die Welt entzweit. So wie du bist, haben unsere Alten den beschrieben, der es tun wird. Frieden müssen wir haben von den Arabern; atembare Luft; gereinigt von ihnen den Ausblick rund am Horizont; kein Klagegeschrei eines Hammels, den der Araber absticht; ruhig soll alles Getier krepieren; ungestört soll es von uns leergetrunken und bis auf die Knochen gereinigt werden. Reinheit, nichts als Reinheit wollen wir«, – und nun weinten, schluchzten alle – »wie erträgst nur du es in dieser Welt, du edles Herz und süßes Eingeweide? Schmutz ist ihr Weiß; Schmutz ist ihr Schwarz; ein Grauen ist ihr Bart; speien muß man beim Anblick ihrer Augenwinkel; und heben sie den Arm, tut sich in der Achselhöhle die Hölle auf. Darum, o Herr, darum, o teuerer Herr, mit Hilfe deiner alles vermögenden Hände, mit Hilfe deiner alles vermögenden Hände schneide ihnen mit dieser Schere die Hälse durch!« Und einem Ruck seines Kopfes folgend kam ein Schakal herbei, der an einem Eckzahn eine kleine, mit altem Rost bedeckte Nähschere trug.

»Also endlich die Schere und damit Schluß!« rief der Araberführer unserer Karawane, der sich gegen den Wind an uns herangeschlichen hatte und nun seine riesige Peitsche schwang.

Alles verlief sich eiligst, aber in einiger Entfernung blieben sie doch, eng zusammengekauert, die vielen Tiere so eng und starr, daß es aussah wie eine schmale Hürde, von Irrlichtern umflogen.

»So hast du, Herr, auch dieses Schauspiel gesehen und gehört«, sagte der Araber und lachte so fröhlich, als es die Zurückhaltung seines Stammes erlaubte. »Du weißt also, was die Tiere wollen?« fragte ich. »Natürlich, Herr«, sagte er, »das ist doch allbekannt; solange es Araber gibt, wandert diese Schere durch die Wüste und wird mit uns wandern bis ans Ende der Tage. Jedem Europäer wird sie angeboten zu dem großen Werk; jeder Europäer ist gerade derjenige, welcher ihnen berufen scheint. Eine unsinnige Hoffnung haben diese Tiere; Narren, wahre Narren sind sie. Wir lieben sie deshalb; es sind unsere Hunde; schöner als die eurigen. Sieh nur, ein Kamel ist in der Nacht verendet, ich habe es herschaffen lassen.«

Vier Träger kamen und warfen den schweren Kadaver vor uns hin. Kaum lag er da, erhoben die Schakale ihre Stimmen. Wie von Stricken unwiderstehlich jeder einzelne gezogen, kamen sie, stockend, mit dem Leib den Boden streifend, heran. Sie hatten die Araber vergessen, den Haß vergessen, die alles auslöschende Gegenwart des stark ausdunstenden Leichnams bezauberte sie. Schon hing einer am Hals und fand mit dem ersten Biß die Schlagader. Wie eine kleine rasende Pumpe, die ebenso unbedingt wie aussichtslos einen übermächtigen Brand löschen will, zerrte und zuckte jede Muskel seines Körpers an ihrem Platz. Und schon lagen in gleicher Arbeit alle auf dem Leichnam hoch zu Berg.

Da strich der Führer kräftig mit der scharfen Peitsche kreuz und quer über sie. Sie hoben die Köpfe; halb in Rausch und Ohnmacht; sahen die Araber vor sich stehen; bekamen jetzt die Peitsche mit den Schnauzen zu fühlen; zogen sich im Sprung zurück und liefen eine Strecke rückwärts. Aber das Blut des Kamels lag schon in Lachen da, rauchte empor, der Körper war an mehreren Stellen weit aufgerissen. Sie konnten nicht widerstehen; wieder waren sie da; wieder hob der Führer die Peitsche; ich faßte seinen Arm. »Du hast recht, Herr«, sagte er, »wir lassen sie bei ihrem Beruf, auch ist es Zeit aufzubrechen. Gesehen hast du sie. Wunderbare Tiere, nicht wahr? Und wie sie uns hassen!«

Unhappiness

As it had already become unbearable–
once, towards the evening in November – and
I was running along over the narrow carpet in
my room as on a racetrack, frightened by the
sight of the illuminated alley; I turned around
again and I was given a new goal in the
depths of the room, at the bottom of the
mirror, and I cried out, just to hear the
scream, which is answered by nothing, and
from which nothing takes the strength of
screaming, which therefore rises, no
counterweight, and cannot stop even when it
falls silent; a door was opened in the wall in
such a hurry, since haste was indeed
necessary, and even the horses wagon down
on the pavement reared, like crazed horses in
a battle, their throats raised.

Like a small ghost, a child scampered out
of the completely dark corridor, in which the
lamp was not yet burning, and stood still on
his toes, on an imperceptibly swaying
floorboard. Immediately blinded by the
twilight of the room, he wanted to hide his
face in his hands, but calmed down

unexpectedly with the view to the window, before the cross of the rising haze from the street lighting, finally remained lying under the darkness. With the right elbow he supported himself in front of the open door by the wall, and let the draft from outside caress the joints of his feet, also the neck, also along the temples.

I looked down a bit, then I said "Good day," and took my jacket from the fire screen, because I did not want to stand there half-naked. I kept my mouth open for a while, so that the excitement would leave through the mouth. There was bad saliva, and in my face the eyelashes were trembling; in short, nothing was missing, for I had precisely expected this visit. The child was still standing by the wall in the same place: he pressed the right hand against the wall and, all red-cheeked, not enough satisfied of this, the whitewashed wall was coarse and the fingertips were rubbing against it. I said: "Do you really want to see me? Is it not an error? Nothing is easier than an error in this big house. My name is So-and-so; I live on the third floor. So, am I the one you wanted to visit?"

"Quiet, quiet!" the child said over his shoulder, "all is just right."

"Then come further into the room, I would like to close the door."

"I have closed the door just now. Do not bother. Do not trouble yourself anyways."

"Do not talk of trouble. But there are many people living in this corridor, naturally all of them are acquaintances; most of them are now returning from their businesses; if they hear talking in a room they just think they have the right to come in and see what is going on. That is just the way it is. These people have put heir daily work behind them; whom would they subdue to in the provisional freedom of the evening! You know that already, by the way. Let me close the door."

"So, what is it? What's the matter with you? As far as I'm concerned, the whole house might just come in. And once again: I have already closed the door, or do you think that only you can close the door? I have even locked it with the key."

"All alright then. That's all I want. It was not even necessary to lock it with the key. And now make yourself comfortable, since you are here anyway. You are my guest. Trust me completely. Make yourself at ease without fear. I will not force you to stay, nor to leave.

Do I have to say that first? Do you know me so little?"

"No. You really didn't have to say that. I am a child; why take so much trouble with me?"

"It's not that bad. Of course, a child; but you are not at all that small. You are already quite adult. If you were a girl, you would not be permitted to just lock yourself in a room with me."

"We don't have to worry about that. I just wanted to say: the fact that I know you so well protects me little, it only relieves you from the effort of telling me some lies. Nevertheless you are making compliments. Don't, I urge you, don't! Add to this that I do not know you completely and always, especially in this darkness. It would be much better if you turned the lights on. No, rather not. Though, I will keep in mind that you have already threatened me."

"What? Have I threatened you? But, I beg you. I am actually so glad you are finally here. I say 'finally' because it is already so late. It is incomprehensible to me why you have come this late.

So it is possible that I spoke confusedly in my joy, and that you understood it that way. That I have spoken like that, I concede ten times, yes, and I have threatened you with everything you want. – Only no fight, for heaven's sake! – But how could you believe it? How could you hurt me like that? Why do you want, with all your might, to spoil the short moment of your presence here? A stranger would be more obliging than you."

"I believe that was no wisdom. As much as a stranger can be obliged to you, by nature I already am. You already know that, so why this melancholy? Say that you want to play comedy, and I'll go immediately."

"Is that so? You dare even to tell me that? You are a little too bold. In the end, you are in my own room. You are rubbing your fingers like crazy on my wall. My room, my wall!

And besides, what you are saying is ridiculous, not only cheeky. You say your nature forces you to talk to me in this way. Really? Your nature forces you? That's nice of your nature. Your nature is mine, and when by nature I'm friendly to you, you shall not do otherwise."

"Is this friendly?"

"I'm talking about earlier."

"Do you know how I will be later?"

"I know nothing."

And I went over to the bedside table where I lit a candle. I did not have gas or electric light in my room at that time. Then I sat for a while at the table, until I got tired of this too, put on the overcoat, took the hat from the sofa and blew out the candle. On the way out I was caught in a leg of the chair.

On the stairs I met a tenant from the same floor.

"You are already leaving again, you rascal?" he asked, resting on his legs spread over two steps.

"What shall I do?" I said, "now I have had a ghost in my room."

"You say that with the same discontent as if you had found a hair in your soup."

"You are joking. But remember, a ghost is a ghost."

"Very true. But, what if one does not at all believe in ghosts?"

"Well, do you mean I believe in ghosts? But how does this non-belief help me?"

"Very easy. You just don't have to be afraid anymore when a ghost really comes to you."

"Yes, but this is just the accidental fear. The true fear is the fear of the cause of the apparition. And this fear stays. This one is really great in me." Caught in my nervousness, I began to search through all my pockets.

"But since you were not afraid of the apparition itself, you could have asked quietly for its cause!"

"You have obviously never talked with ghosts. One can never get any clear information from them.

It's a back and forth. These ghosts seem to be in doubt as to their existence even more than we are, which is, with their frailty, no wonder at all."

"But I have heard that one can feed them."

"You are well informed. This is possible. But who would do it?"

"Why not? If it's a female ghost, for example," he said and swung himself on the upper step.

"Oh," I said, "but even then, it does not stand for it." I betook myself. My acquaintance was already so high up that in order to see me he had to bend forward under an arch of the staircase. "But still," I cried, "if you take away my ghost up there, it's over between us, forever."

"But that was only a joke," he said and drew his head back.

"Then it's good," I said and could then actually have gone quietly for a stroll. But since I felt so forsaken, I rather went up and lay to sleep.

Unglücklichsein

Als es schon unerträglich geworden war —
einmal gegen Abend im November — und
ich über den schmalen Teppich meines
Zimmers wie in einer Rennbahn einherlief,
durch den Anblick der beleuchteten Gasse
erschreckt, wieder wendete, und in der Tiefe
des Zimmers, im Grund des Spiegels doch
wieder ein neues Ziel bekam, und aufschrie,
um nur den Schrei zu hören, dem nichts
antwortet und dem auch nichts die Kraft des
Schreiens nimmt, der also aufsteigt, ohne
Gegengewicht, und nicht aufhören kann,
selbst wenn er verstummt, da öffnete sich aus
der Wand heraus die Tür, so eilig, weil doch
Eile nötig war und selbst die Wagenpferde
unten auf dem Pflaster, wie wildgewordene
Pferde in der Schlacht, die Gurgeln
preisgegeben, sich erhoben.

Als kleines Gespenst fuhr ein Kind aus
dem ganz dunklen Korridor, in dem die
Lampe noch nicht brannte, und blieb auf den
Fußspitzen stehn, auf einem unmerklich
schaukelnden Fußbodenbalken. Von der
Dämmerung des Zimmers gleich geblendet,

wollte es mit dem Gesicht rasch in seine Hände, beruhigte sich aber unversehens mit dem Blick zum Fenster, vor dessen Kreuz der hochgetriebene Dunst der Straßenbeleuchtung endlich unter dem Dunkel liegenblieb. Mit dem rechten Ellbogen hielt es sich vor der offenen Tür aufrecht an der Zimmerwand und ließ den Luftzug von draußen um die Gelenke der Füße streichen, auch den Hals, auch die Schläfen entlang.

Ich sah ein wenig hin, dann sagte ich »Guten Tag« und nahm meinen Rock vom Ofenschirm, weil ich nicht so halb nackt dastehen wollte. Ein Weilchen lang hielt ich den Mund offen, damit mich die Aufregung durch den Mund verlasse. Ich hatte schlechten Speichel in mir, im Gesicht zitterten mir die Augenwimpern, kurz, es fehlte mir nichts, als gerade dieser allerdings erwartete Besuch.

Das Kind stand noch an der Wand auf dem gleichen Platz, es hatte die rechte Hand an die Mauer gepreßt und konnte, ganz rotwangig, dessen nicht satt werden, daß die weißgetünchte Wand grobkörnig war, und die Fingerspitzen rieb. Ich sagte: »Wollen Sie tatsächlich zu mir? Ist es kein Irrtum? Nichts leichter als ein Irrtum in diesem großen

Hause. Ich heiße Soundso, wohne im dritten Stock. Bin ich also der, den Sie besuchen wollen?«

»Ruhe, Ruhe!« sagte das Kind über die Schulter weg, »alles ist schon richtig.«

»Dann kommen Sie weiter ins Zimmer herein, ich möchte die Tür schließen.«

»Die Tür habe ich jetzt gerade geschlossen. Machen Sie sich keine Mühe. Beruhigen Sie sich überhaupt.«

»Reden Sie nicht von Mühe. Aber auf diesem Gange wohnt eine Menge Leute, alle sind natürlich meine Bekannten; die meisten kommen jetzt aus den Geschäften; wenn sie in einem Zimmer reden hören, glauben sie einfach das Recht zu haben, aufzumachen und nachzuschaun, was los ist. Es ist einmal schon so. Diese Leute haben die tägliche Arbeit hinter sich; wem würden sie sich in der provisorischen Abendfreiheit unterwerfen! Übrigens wissen Sie es ja auch. Lassen Sie mich die Türe schließen.«

»Ja, was ist denn? Was haben Sie? Meinetwegen kann das ganze Haus hereinkommen. Und dann noch einmal: Ich habe die Türe schon geschlossen, glauben Sie denn, nur Sie können die Türe schließen? Ich habe sogar mit dem Schlüssel zugesperrt.«

»Dann ist's gut. Mehr will ich ja nicht. Mit dem Schlüssel hätten Sie gar nicht zusperren müssen. Und jetzt machen Sie es sich nur behaglich, wenn Sie schon einmal da sind. Sie sind mein Gast. Vertrauen Sie mir völlig. Machen Sie sich nur breit ohne Angst. Ich werde Sie weder zum Hierbleiben zwingen, noch zum Weggehn. Muß ich das erst sagen? Kennen Sie mich so schlecht?«

»Nein. Sie hätten das wirklich nicht sagen müssen. Noch mehr, Sie hätten es gar nicht sagen sollen. Ich bin ein Kind; warum so viel Umstände mit mir machen?«

»So schlimm ist es nicht. Natürlich, ein Kind. Aber gar so klein sind Sie nicht. Sie sind schon ganz erwachsen. Wenn Sie ein Mädchen wären, dürften Sie sich nicht so einfach mit mir in einem Zimmer einsperren.«

»Darüber müssen wir uns keine Sorge machen. Ich wollte nur sagen: Daß ich Sie so gut kenne, schützt mich wenig, es enthebt Sie nur der Anstrengung, mir etwas vorzulügen. Trotzdem aber machen Sie mir Komplimente. Lassen Sie das, ich fordere Sie auf, lassen Sie das. Dazu kommt, daß ich Sie nicht überall und immerfort kenne, gar bei dieser Finsternis. Es wäre viel besser, wenn Sie Licht machen ließen. Nein, lieber nicht.

Immerhin werde ich mir merken, daß Sie mir schon gedroht haben.«

»Wie? Ich hätte Ihnen gedroht? Aber ich bitte Sie. Ich bin ja so froh, daß Sie endlich hier sind. Ich sage ›endlich‹, weil es schon so spät ist. Es ist mir unbegreiflich, warum Sie so spät gekommen sind. Da ist es möglich, daß ich in der Freude so durcheinandergesprochen habe und daß Sie es gerade so verstanden haben. Daß ich so gesprochen habe, gebe ich zehnmal zu, ja ich habe Ihnen mit allem gedroht, was Sie wollen. — Nur keinen Streit, um Himmels willen! — Aber wie konnten Sie es glauben? Wie konnten Sie mich so kränken? Warum wollen Sie mir mit aller Gewalt dieses kleine Weilchen Ihres Hierseins verderben? Ein fremder Mensch wäre entgegenkommender als Sie.«

»Das glaube ich; das war keine Weisheit. So nah, als Ihnen ein fremder Mensch entgegenkommen kann, bin ich Ihnen schon von Natur aus. Das wissen Sie auch, wozu also die Wehmut? Sagen Sie, daß Sie Komödie spielen wollen, und ich gehe augenblicklich.«

»So? Auch das wagen Sie mir zu sagen? Sie sind ein wenig zu kühn. Am Ende sind Sie doch in meinem Zimmer. Sie reiben Ihre

Finger wie verrückt an meiner Wand. Mein Zimmer, meine Wand! Und außerdem ist das, was Sie sagen, lächerlich, nicht nur frech. Sie sagen, Ihre Natur zwinge Sie, mit mir in dieser Weise zu reden. Wirklich? Ihre Natur zwingt Sie? Das ist nett von Ihrer Natur. Ihre Natur ist meine, und wenn ich mich von Natur aus freundlich zu Ihnen verhalte, so dürfen auch Sie nicht anders.«

»Ist das freundlich?« »Ich rede von früher.«

»Wissen Sie, wie ich später sein werde?« »Nichts weiß ich.«

Und ich ging zum Nachttisch hin, auf dem ich die Kerze anzündete. Ich hatte in jener Zeit weder Gas noch elektrisches Licht in meinem Zimmer. Ich saß dann noch eine Weile beim Tisch, bis ich auch dessen müde wurde, den Überzieher anzog, den Hut vom Kanapee nahm und die Kerze ausblies. Beim Hinausgehen verfing ich mich in ein Sesselbein.Auf der Treppe traf ich einen Mieter aus dem gleichen Stockwerk.

»Sie gehen schon wieder weg, Sie Lump?« fragte er, auf seinen über zwei Stufen ausgebreiteten Beinen ausruhend.

»Was soll ich machen?« sagte ich »jetzt habe ich ein Gespenst im Zimmer gehabt.«

»Sie sagen das mit der gleichen Unzufriedenheit, wie wenn Sie ein Haar in der Suppe gefunden hätten.«

»Sie spaßen. Aber merken Sie sich, ein Gespenst ist ein Gespenst.«

»Sehr wahr. Aber wie, wenn man überhaupt nicht an Gespenster glaubt?«

»Ja, meinen Sie denn, ich glaube an Gespenster? Was hilft mir aber dieses Nichtglauben?«

»Sehr einfach. Sie müssen eben keine Angst mehr haben, wenn ein Gespenst wirklich zu Ihnen kommt.«

»Ja, aber das ist doch die nebensächliche Angst. Die eigentliche Angst ist die Angst vor der Ursache der Erscheinung. Und diese Angst bleibt. Die habe ich geradezu großartig in mir.« Ich fing vor Nervosität an, alle meine Taschen zu durchsuchen.

»Da Sie aber vor der Erscheinung selbst keine Angst hatten, hätten Sie sie doch ruhig nach ihrer Ursache fragen können!«

»Sie haben offenbar noch nie mit Gespenstern gesprochen. Aus denen kann man ja niemals eine klare Auskunft bekommen. Das ist ein Hin und Her. Diese Gespenster scheinen über ihre Existenz mehr im Zweifel zu sein als wir, was übrigens bei ihrer Hinfälligkeit kein Wunder ist.«

»Ich habe aber gehört, daß man sie auffüttern kann.«

»Da sind Sie gut berichtet. Das kann man. Aber wer wird das machen?«

»Warum nicht? Wenn es ein weibliches Gespenst ist zum Beispiel«, sagte er und schwang sich auf die obere Stufe.

»Ach so«, sagte ich, »aber selbst dann steht es nicht dafür.« Ich besann mich. Mein Bekannter war schon so hoch, daß er sich, um mich zu sehen, unter einer Wölbung des Treppenhauses vorbeugen mußte. »Aber trotzdem«, rief ich, »wenn Sie mir dort oben mein Gespenst wegnehmen, dann ist es zwischen uns aus, für immer.«»Aber das war ja nur Spaß«, sagte er und zog den Kopf zurück.

»Dann ist es gut«, sagte ich und hätte jetzt eigentlich ruhig spazierengehen können. Aber weil ich mich gar so verlassen fühlte, ging ich lieber hinauf und legte mich schlafen.

Unmasking a Confidence Trickster

Finally, about ten o'clock at night, I came to the doorway of the stately house where I was invited to spend the evening, after the man beside me, whom I was barely acquainted with, and who, unexpectedly, had once again reconnected with me, and pulled me around for two long hours in the streets.

"So!" I said, and clapped my hands to indicate that I really had to bid him goodbye. I had already made some less explicit attempts. I was already quite tired. "Are you going up now?" he asked. I heard a sound in his mouth that was like the grinding of teeth.

"Yes."

I was invited, I had told him already. But I was invited to go up a house where I would have liked to be, not to stand here at the street door looking past the ears of my counterpart. And now, become silent with him, as if we were due to stay for a long time on this spot. Thereby also the houses around took part in our silence, and the darkness above them, all the way up to the stars. And the steps of invisible passers-by, whose paths one had no interest to guess, the wind persistently patting the other side of the street, a gramophone that was singing behind the closed windows of some room—they all let themselves be heard in this silence, as if it were their own possession, always and forever.

And my companion acquiesced in his own name and - with a smile - in mine too, he stretched his right arm up along the wall and leaned his face on it, closing his eyes.

But I did not see the end of that smile, when shame suddenly got hold of me. Only at that smile had I realized that the man was a confidence trickster, nothing more.

And yet I had been already in this town for months, and thought I knew these confidence tricksters to the core: how they came slinking out of side streets by night to meet us with outstretched hands, like innkeepers, how they hung about the advertisement pillars we stood beside, turning around them as if playing hide-and-seek, and spying on us with at least one eye, at crossings, when we were afraid, how they suddenly hovered on the edge of our sidewalks, just in front of us! I understood them so well, they had been indeed my first acquaintances in the town's small taverns, and to them I owed my first clue of intransigence, of which I became now so conscious on earth, that I began to feel it in myself.

How they stood before us blocking our way, even when one had already long escaped, even when it was already long since there was anything at all to take! How they refused to sit, how they never fell down, but kept looking at us even if only from afar, so persuasively! And their means were always the same: they stood in front of us, looking as broadly as they could, tried to hinder us from going where we intended, offered us instead a place in their own bosoms, and when at last all our overall feelings rebelled, they took it as an embrace into which they threw themselves headlong.

And only after having spent such a long time together, was I able to recognize such an old game. I rubbed my fingertips together to wipe away the shame.

My companion was still leaning there, as before, still believing himself a confidence man, and the satisfaction with his fate reddened his free cheek.

"Recognized!" said I, patting him lightly on the shoulder. Then I hurried up the stairs, and the gratuitous devotion on the faces of the servants up in the anteroom gladdened me like a pleasant surprise. I saw them all, one after another, while they took my coat off and dusted my boots off.

With a deep sigh of relief and straightening myself up, I then entered the hall.

Entlarvung eines Bauernfängers

Endlich gegen zehn Uhr abends kam ich mit einem mir von früher nur flüchtig bekannten Mann, der sich mir diesmal unversehens wieder angeschlossen und mich zwei Stunden lang in den Gassen herumgezogen hatte, vor dem herrschaftlichen Hause an, in das ich zu einer Gesellschaft geladen war.

»So!« sagte ich und klatschte in die Hände zum Zeichen der unbedingten Notwendigkeit des Abschieds. Weniger bestimmte Versuche hatte ich schon einige gemacht. Ich war schon ganz müde. »Gehn Sie gleich hinauf?« fragte er. In seinem Munde hörte ich ein Geräusch wie vom Aneinanderschlagen der Zähne.

»Ja.«

Ich war doch eingeladen, ich hatte es ihm gleich gesagt. Aber ich war eingeladen, hinaufzukommen, wo ich schon so gerne gewesen wäre, und nicht hier unten vor dem Tor zu stehn und an den Ohren meines Gegenübers vorüberzuschauen. Und jetzt noch mit ihm stumm zu werden, als seien wir zu einem langen Aufenthalt auf diesem Fleck

entschlossen. Dabei nahmen an diesem
Schweigen gleich die Häuser ringsherum
ihren Anteil, und das Dunkel über ihnen bis
zu den Sternen. Und die Schritte unsichtbarer
Spaziergänger, deren Wege zu erraten man
nicht Lust hatte, der Wind, der immer wieder
an die gegenüberliegende Straßenseite sich
drückte, ein Grammophon, das gegen die
geschlossenen Fenster irgendeines Zimmers
sang, — sie ließen aus diesem Schweigen sich
hören, als sei es ihr Eigentum seit jeher und
für immer.

Und mein Begleiter fügte sich in seinem
und — nach einem Lächeln — auch in
meinem Namen, streckte die Mauer entlang
den rechten Arm aufwärts und lehnte sein
Gesicht, die Augen schließend, an ihn.

Doch dieses Lächeln sah ich nicht mehr
ganz zu Ende, denn Scham drehte mich
plötzlich herum. Erst an diesem Lächeln also
hatte ich erkannt, daß das ein Bauernfänger
war, nichts weiter. Und ich war doch schon
monatelang in dieser Stadt, hatte geglaubt,
diese Bauernfänger durch und durch zu
kennen, wie sie bei Nacht aus Seitenstraßen,
die Hände vorgestreckt, wie Gastwirte uns
entgegentreten, wie sie sich um die
Anschlagsäule, bei der wir stehen,
herumdrücken, wie zum Versteckenspielen

und hinter der Säulenrundung hervor zumindest mit einem Auge spionieren, wie sie in Straßenkreuzungen, wenn wir ängstlich werden, auf einmal vor uns schweben auf der Kante unseres Trottoirs! Ich verstand sie doch so gut, sie waren ja meine ersten städtischen Bekannten in den kleinen Wirtshäusern gewesen, und ich verdankte ihnen den ersten Anblick einer Unnachgiebigkeit, die ich mir jetzt so wenig von der Erde wegdenken konnte, daß ich sie schon in mir zu fühlen begann. Wie standen sie einem noch gegenüber, selbst wenn man ihnen schon längst entlaufen war, wenn es also längst nichts mehr zu fangen gab! Wie setzten sie sich nicht, wie fielen sie nicht hin, sondern sahen einen mit Blicken an, die noch immer, wenn auch nur aus der Ferne, überzeugten! Und ihre Mittel waren stets die gleichen: Sie stellten sich vor uns hin, so breit sie konnten; suchten uns abzuhalten von dort, wohin wir strebten; bereiteten uns zum Ersatz eine Wohnung in ihrer eigenen Brust, und bäumte sich endlich das gesammelte Gefühl in uns auf, nahmen sie es als Umarmung, in die sie sich warfen, das Gesicht voran.

Und diese alten Späße hatte ich diesmal erst nach so langem Beisammensein erkannt.

Ich zerrieb mir die Fingerspitzen aneinander, um die Schande ungeschehen zu machen.

Mein Mann aber lehnte hier noch wie früher, hielt sich noch immer für einen Bauernfänger, und die Zufriedenheit mit seinem Schicksal rötete ihm die freie Wange.

»Erkannt!« sagte ich und klopfte ihm noch leicht auf die Schulter. Dann eilte ich die Treppe hinauf, und die so grundlos treuen Gesichter der Dienerschaft oben im Vorzimmer freuten mich wie eine schöne Überraschung. Ich sah sie alle der Reihe nach an, während man mir den Mantel abnahm und die Stiefel abstaubte. Aufatmend und langgestreckt betrat ich dann den Saal.

The Merchant (or The Businessman)

It is possible that some people are sorry for me, but I am not aware of it. My small business fills me with worries that make my forehead and temples ache inside, yet without offering any prospect of relief, for my shop is a small one.

I have to spend hours in advance to make things ready, refresh the memory of the house servant, warn him for fear of mistakes, and figure out each season of the year what the next season's fashions are to going be, and not the ones prevailing among the people I know, but those appealing to inaccessible peasants in the deep countryside.

My money is in the hands of strangers; their circumstances I cannot discern; the misfortune that might strike them I cannot foresee; how could I possibly avert it! Perhaps, they became prodigal and give a banquet in some inn garden, and others may be attending this banquet just a little while before their departure to America.

When in the evening of working days I lock up my shop and suddenly see before me hours, in which I will not be able to do any work to meet the uninterrupted necessities of my business, then the excitement that I drive far away in the morning comes back like a returning flood, but cannot be contained within me, and sweeps me away aimlessly with it.

And yet I can make no use of this mood, I can only go home, for my face and hands are dirty and sweaty, the clothes are stained and dusty, my working cap is on my head, and my boots are scratched by the nails of crates. I go home as carried by a wave, snapping the fingers of both hands, and I caress the hair of the children coming my way.

But the walk is short. Soon I'm at my house, open the door of the elevator, and step in.

I see that now and all of a sudden I'm alone. Others who have to climb the staircase tire a little thereby, have to wait with quick breath till someone opens the door of the apartment, which gives them a reason for irritability and impatience, have to traverse the hallway where they hang their hats, and only once they go down the aisle past a few glass doors and come into their own room are they alone.

But I'm immediately alone in the elevator, and gaze, propped on my knees, into the narrow mirror. As the elevator starts to rise, I say: "Quiet now, step back, will you, in the shadow of the trees you want to make for, or behind the draperies of the window, or into the garden trellis?"

I say it through my teeth, and the banisters flow down past the opaque glass panes like water.

"But enjoy the view of the window, when the processions come out of all three streets, not giving way to each other, but advance through each other and, between their last rank, let the open space emerge again. Wave your handkerchiefs, be terrified, be moved, praise the beautiful lady who passes by. Cross over the stream on the wooden bridge, nod to the children bathing, and gape at the Hurrah rising from the thousand sailors on the distant battleship.

Just follow the inconspicuous man, and when you have pushed him into a doorway and have robbed him, then watch him, with your hands in the pockets, as he sadly goes his way along the left-hand street. The scattered policemen on horseback rein in their galloping horses and thrust you back.

Let them! The empty streets will make them unhappy; I know it.

Already they ride away, pray, in pairs, slowly around the street corners, darting across the squares."

Then I have to get off, let the elevator go down again, ring the doorbell, and the maid opens the door while I greet her.

Der Kaufmann

Es ist möglich, daß einige Leute Mitleid mit mir haben, aber ich spüre nichts davon. Mein kleines Geschäft erfüllt mich mit Sorgen, die mich innen an Stirne und Schläfen schmerzen, aber ohne mir Zufriedenheit in Aussicht zu stellen, denn mein Geschäft ist klein.

Für Stunden im voraus muß ich Bestimmungen treffen, das Gedächtnis des Hausdieners wachhalten, vor befürchteten Fehlern warnen und in einer Jahreszeit die Moden der folgenden berechnen, nicht wie sie unter Leuten meines Kreises herrschen werden, sondern bei unzugänglichen Bevölkerungen auf dem Lande.

Mein Geld haben fremde Leute; ihre Verhältnisse können mir nicht deutlich sein; das Unglück, das sie treffen könnte, ahne ich nicht; wie könnte ich es abwehren! Vielleicht sind sie verschwenderisch geworden und geben ein Fest in einem Wirtshausgarten, und andere halten sich für ein Weilchen auf der Flucht nach Amerika bei diesem Feste auf.

Wenn nun am Abend eines Werktages das Geschäft gesperrt wird und ich plötzlich Stunden vor mir sehe, in denen ich für die ununterbrochenen Bedürfnisse meines Geschäftes nichts werde arbeiten können, dann wirft sich meine am Morgen weit vorausgeschickte Aufregung in mich, wie eine zurückkehrende Flut, hält es aber in mir nicht aus und ohne Ziel reißt sie mich mit.

Und doch kann ich diese Laune gar nicht benützen und kann nur nach Hause gehn, denn ich habe Gesicht und Hände schmutzig und verschwitzt, das Kleid fleckig und staubig, die Geschäftsmütze auf dem Kopfe und von Kistennägeln zerkratzte Stiefel. Ich gehe dann wie auf Wellen, klappere mit den Fingern beider Hände, und mir entgegenkommenden Kindern fahre ich über das Haar. Aber der Weg ist kurz. Gleich bin ich in meinem Hause, öffne die Lifttür und trete ein.

Ich sehe, daß ich jetzt und plötzlich allein bin. Andere, die über Treppen steigen müssen, ermüden dabei ein wenig, müssen mit eilig atmenden Lungen warten, bis man die Tür der Wohnung öffnen kommt, haben dabei einen Grund für Ärger und Ungeduld, kommen jetzt ins Vorzimmer, wo sie den Hut aufhängen, und erst bis sie durch den Gang an einigen Glastüren vorbei in ihr eigenes Zimmer kommen, sind sie allein.

Ich aber bin gleich allein im Lift, und schaue, auf die Knie gestützt, in den schmalen Spiegel. Als der Lift sich zu heben anfängt, sage ich: »Seid still, tretet zurück, wollt ihr in den Schatten der Bäume, hinter die Draperien der Fenster, in das Laubengewölbe?«

Ich rede mit den Zähnen und die Treppengeländer gleiten an den Milchglasscheiben hinunter wie stürzendes Wasser.

»Flieget weg; euere Flügel, die ich niemals gesehen habe, mögen euch ins dörfliche Tal tragen oder nach Paris, wenn es euch dorthin treibt.

Doch genießet die Aussicht des Fensters, wenn die Prozessionen aus allen drei Straßen kommen, einander nicht ausweichen, durcheinandergehn und zwischen ihren letzten Reihen den freien Platz wieder entstehen lassen. Winket mit den Tüchern, seid entsetzt, seid gerührt, lobet die schöne Dame, die vorüberfährt.

Geht über den Bach auf der hölzernen Brücke, nickt den badenden Kindern zu und staunet über das Hurra der tausend Matrosen auf dem fernen Panzerschiff.

Verfolget nur den unscheinbaren Mann, und wenn ihr ihn in einen Torweg gestoßen habt, beraubt ihn und seht ihm dann, jeder die Hände in den Taschen, nach, wie er traurig seines Weges in die linke Gasse geht.

Die verstreut auf ihren Pferden galoppierende Polizei bändigt die Tiere und drängt euch zurück. Lasset sie, die leeren Gassen werden sie unglücklich machen, ich weiß es. Schon reiten sie, ich bitte, paarweise weg, langsam um die Straßenecken, fliegend über die Plätze.«

Dann muß ich aussteigen, den Aufzug hinunterlassen, an der Türglocke läuten, und das Mädchen öffnet die Tür, während ich grüße.

First Sorrow

A trapeze artist—this art, practiced in the high vaulted domes of the great variety theaters, generally considered one of the most difficult that humanity can achieve—, first simply out of his pursuit of perfection, later out of a habit that became overwhelming, had set up is life in such a way that, as long as he kept working for same enterprise, he would remain on his trapeze day and night.

All his needs, very modest for that matter, were supplied by relays of attendants watching from below; they sent up whatever was needed in specially constructed vessels, which then they pulled down.

This way of living caused no particular difficulties to anyone, except when other turns were on the stage: his being still up there and not able to hide proved a bit annoying, and also the fact that, although at such times he mostly remained very still, every now and then he would draw a stray glance from the attendance. Yet the management overlooked this, because he was an extraordinary and irreplaceable artist. And of course they recognized that he did not conduct as such on purpose, and actually it was only this way that he could really keep himself in constant exercise and his art at its perfection.

Otherwise, being up there was quite healthy, and when in the warmer seasons of the year the side windows all around the theatre dome were opened, and with the fresh air the sun entered mightily into the dim vault, it was even beautiful. True, his social life was restricted; only sometimes a fellow acrobat would climb the rope ladder up to him, and then they would both sit on the trapeze, leaning left and right against the supporting ropes and chatting; or a construction worker repairing the roof would exchange a few words with him through an open window; or the fireman, inspecting the emergency lighting in the top gallery, would call over to him something respectful but hardly intelligible. Otherwise, all was quiet around him; once in a while, someone from the staff, while straying through the empty theater in the afternoon, gazed thoughtfully up into the great height, almost beyond the range of the eye, where the trapeze artist, unaware that someone was watching him, practiced his art or rested.

The trapeze artist could have gone on living undisturbed just like that, had it not been for the inevitable journeys from place to place, which he found extremely inconvenient.

Indeed, the impresario saw to it that the trapeze artist was spared from any unnecessary prolongation of his sufferings: for travels within towns, racing automobiles were used, possibly at night or in the earliest hours of the morning through the deserted streets, at extreme speed, yet certainly too slow for the trapeze artist's longing; for railway journeys, a whole compartment was reserved, in which, although only as a deplorable alternative to his usual way of living, the trapeze artist could pass the time up on the luggage rack; in the next town on their circuit, long before his arrival, the trapeze was already in place in the theatre and all the doors leading to the stage were wide open, all corridors kept free—but were indeed the happiest moments in the impresario's life when the trapeze artist set his foot on the rope ladder and in a flash, finally, could hang again, aloft on his trapeze.

Although so many journeys had already the impresario successfully arranged, each new one embarrassed him again, because the journeys, apart from everything else, at any rate wrecked the nerves of the artist.

Once, when they were again traveling together, the trapeze artist lying on the luggage rack and dreaming, the manager leaning back in the opposite window's corner reading a book, the trapeze artist addressed him in a faint voice. The impresario was readily in full attention. The trapeze artist, biting his lips, said that he must always have in the future two trapezes for his performance instead of only one as before: two trapezes opposite each other. The impresario immediately agreed. But the trapeze artist, as if to show that here the impresario's approval was just as insignificant as his objection would be, said that never again, and under no circumstances whatsoever, would he perform again on only one trapeze. The sheer idea that this might indeed once happen seemed to make him shudder. The impresario, hesitant and watchful, once more declared his full consent; two trapezes were better than one, besides this new set-up would be beneficial, making the performance more varied. At that the trapeze artist suddenly started to cry. Deeply alarmed, the impresario sprang to his feet and asked what was wrong, and as he got no answer, he climbed up on the seat and caressed him, and pressed his face against his own, so that his own face was overflowed by the artist's tears. It was not until many questions and soothing words that the trapeze artist sobbed: "Only this one bar in my hands—how can I live like that!" Then it was for the impresario already easier to console him; he promised to telegraph from the very next station to have a second trapeze in the first host venue on their tour, reproached himself for having let the artist work so long on one trapeze only, and thanked and praised him much for having at last brought the mistake to his attention.

Thus succeeded the impresario in reassuring the trapeze artist, little by little, and he was able to go back to his corner. But he himself was not at all reassured, and with serious apprehension kept glancing secretly at the trapeze artist over the top of his book. Once such thoughts began to torment him, could they ever quite stop entirely? Would they not rather increase continually? Were they not even life-threatening? And indeed, the impresario believed he could see, in the seemingly peaceful sleep that had succeeded the outburst of tears, the first wrinkles of care beginning to trace themselves upon the trapeze artist's smooth, childlike forehead.

Erstes Leid

Ein Trapezkünstler - bekanntlich ist diese hoch in den Kuppeln der großen Varietébühnen ausgeübte Kunst eine der schwierigsten unter allen, Menschen erreichbaren - hatte, zuerst nur aus dem Streben nach Vervollkommnung, später auch aus tyrannisch gewordener Gewohnheit sein Leben derart eingerichtet, daß er, solange er im gleichen Unternehmen arbeitete, Tag und Nacht auf dem Trapez blieb. Allen seinen, übrigens sehr geringen Bedürfnissen wurde durch einander ablösende Diener entsprochen, welche unten wachten und alles, was oben benötigt wurde, in eigens konstruierten Gefäßen hinauf- und hinabzogen. Besondere Schwierigkeiten für die Umwelt ergaben sich aus dieser Lebensweise nicht; nur während der sonstigen Programm-Nummern war es ein wenig störend, daß er, wie sich nicht verbergen ließ, oben geblieben war und daß, trotzdem er sich in solchen Zeiten meist ruhig verhielt, hie und da ein Blick aus dem Publikum zu ihm abirrte. Doch verziehen ihm dies die

Direktionen, weil er ein außerordentlicher, unersetzlicher Künstler war. Auch sah man natürlich ein, daß er nicht aus Mutwillen so lebte, und eigentlich nur so sich in dauernder Übung erhalten, nur so seine Kunst in ihrer Vollkommenheit bewahren konnte.

Doch war es oben auch sonst gesund, und wenn in der wärmeren Jahreszeit in der ganzen Runde der Wölbung die Seitenfenster aufgeklappt wurden und mit der frischen Luft die Sonne mächtig in den dämmernden Raum eindrang, dann war es dort sogar schön. Freilich, sein menschlicher Verkehr war eingeschränkt, nur manchmal kletterte auf der Strickleiter ein Turnerkollege zu ihm hinauf, dann saßen sie beide auf dem Trapez, lehnten rechts und links an den Haltestricken und plauderten, oder es verbesserten Bauarbeiter das Dach und wechselten einige Worte mit ihm durch ein offenes Fenster, oder es überprüfte der Feuerwehrmann die Notbeleuchtung auf der obersten Galerie und rief ihm etwas Respektvolles, aber wenig Verständliches zu. Sonst blieb es um ihn still; nachdenklich sah nur manchmal irgendein Angestellter, der sich etwa am Nachmittag in das leere Theater verirrte, in die dem Blick sich fast entziehende Höhe empor, wo der Trapezkünstler, ohne wissen zu können, daß jemand ihn beobachtete, seine Künste trieb oder ruhte.

So hätte der Trapezkünstler ungestört leben können, wären nicht die unvermeidlichen Reisen von Ort zu Ort gewesen, die ihm äußerst lästig waren. Zwar sorgte der Impresario dafür, daß der Trapezkünstler von jeder unnötigen Verlängerung seiner Leiden verschont blieb: für die Fahrten in den Städten benützte man Rennautomobile, mit denen man, womöglich in der Nacht oder in den frühesten Morgenstunden, durch die menschenleeren Straßen mit letzter Geschwindigkeit jagte, aber freilich zu langsam für des Trapezkünstlers Sehnsucht; im Eisenbahnzug war ein ganzes Kupee bestellt, in welchem der Trapezkünstler, zwar in kläglichem, aber doch irgendeinem Ersatz seiner sonstigen Lebensweise die Fahrt oben im Gepäcknetz zubrachte; im nächsten Gastspielort war im Theater lange vor der Ankunft des Trapezkünstlers das Trapez schon an seiner Stelle, auch waren alle zum Theaterraum führenden Türen weit geöffnet, alle Gänge frei gehalten - aber es waren doch immer die schönsten Augenblicke im Leben des Impresario, wenn der Trapezkünstler dann den Fuß auf die Strickleiter setzte und im Nu, endlich, wieder oben an seinem Trapez hing.

So viele Reisen nun auch schon dem Impresario geglückt waren, jede neue war ihm doch wieder peinlich, denn die Reisen waren, von allem anderen abgesehen, für die Nerven des Trapezkünstlers jedenfalls zerstörend.

So fuhren sie wieder einmal miteinander, der Trapezkünstler lag im Gepäcknetz und träumte, der Impresario lehnte in der Fensterecke gegenüber und las ein Buch, da redete ihn der Trapezkünstler leise an. Der Impresario war gleich zu seinen Diensten. Der Trapezkünstler sagte, die Lippen beißend, er müsse jetzt für sein Turnen, statt des bisherigen einen, immer zwei Trapeze haben, zwei Trapeze einander gegenüber. Der Impresario war damit sofort einverstanden. Der Trapezkünstler aber, so als wolle er es zeigen, daß hier die Zustimmung des Impresario ebenso bedeutungslos sei, wie es etwa sein Widerspruch wäre, sagte, daß er nun niemals mehr und unter keinen Umständen nur auf einem Trapez turnen werde. Unter der Vorstellung, daß es vielleicht doch einmal geschehen könnte, schien er zu schaudern. Der Impresario erklärte, zögernd und beobachtend, nochmals sein volles Einverständnis, zwei Trapeze seien besser als eines, auch sonst sei diese neue Einrichtung vorteilhaft, sie mache die Produktion abwechslungsreicher. Da fing der Trapezkünstler plötzlich zu weinen an. Tief erschrocken sprang der Impresario auf und fragte, was denn geschehen sei, und da er keine Antwort bekam, stieg er auf die Bank, streichelte ihn und drückte sein Gesicht an das eigene, so daß er auch von des Trapezkünstlers Tränen überflossen wurde. Aber erst nach vielen Fragen und Schmeichelworten sagte der Trapezkünstler schluchzend: »Nur diese eine Stange in den Händen - wie kann ich denn leben!« Nun war es dem Impresario schon leichter, den Trapezkünstler zu trösten; er versprach, gleich aus der nächsten Station an den nächsten Gastspielort wegen des zweiten Trapezes zu telegraphieren; machte sich Vorwürfe, daß er den Trapezkünstler so lange Zeit nur auf einem Trapez hatte arbeiten lassen, und dankte ihm und lobte ihn sehr, daß er endlich auf den Fehler aufmerksam gemacht hatte. So gelang es dem Impresario, den Trapezkünstler langsam zu beruhigen, und er konnte wieder zurück in seine Ecke gehen. Er selbst aber war nicht beruhigt, mit schwerer Sorge betrachtete er heimlich über das Buch hinweg den Trapezkünstler. Wenn ihn einmal solche Gedanken zu quälen begannen, konnten sie je gänzlich aufhören? Mußten sie sich nicht immerfort steigern? Waren sie nicht existenzbedrohend? Und wirklich glaubte der Impresario zu sehn, wie jetzt im scheinbar ruhigen Schlaf, in welchen das Weinen geendet hatte, die ersten Falten auf des Trapezkünstlers glatter Kinderstirn sich einzuzeichnen begannen.

Children on a Country Road

I heard the carriages going past the garden fence; sometimes I even saw them, through the gently swaying gaps in the foliage. How the wood of their spokes and shafts creaked in the summer heat! Laborers were coming from the fields, laughing so, that it was a shame.

I was sitting on our little swing, just resting among the trees in garden of my parents.

On the other side of the fence, it never stopped. Children at a run were past in the blink of an eye; harvest wagons, with men and women on the sheaves and all around, darkened the flowerbeds; into the evening, I saw a gentleman slowly strolling with a walking cane, and a couple of girls going arm in arm going towards him, and stepping aside into the grass as they greeted him.

Like sparkling, the birds flew up, I followed them with my eyes and saw how high they rose in one breath, till I though not that they were rising but rather that I was falling, and I held fast to the ropes, and out of weakness I began to rock a little. Soon I was rocking more strongly, as the air blew colder and even the soaring birds appeared as trembling stars. I was given my supper by candlelight. Often I had both my arms on the wooden board and, already tired, I would bite into my bread and butter. The large-meshed curtains bellied in the warm wind, and at times some passerby held them with his hands if he wanted to see me more clearly and talk to me. Usually, the candle went out soon and, in the dark candle smoke that lingered, assembled gnats circled for a while. If anyone asked me a question from the window, I would look at him as if at a far mountain or into thin air; not did he care much for an answer.

Yet, if one jumped over the windowsill and announced that the others were already waiting outside, then I would stand on my feet with a sigh.

"What are you sighing for? What happened? Is it some special misfortune that can never be fixed? Will we ever recover from it? Is it really all lost?"

Nothing was lost. We ran to the front of the house. "Thank God, here you are at last!"—"You're always late!"—"Why just me?"—"Exactly you, why don't you stay at home if you don't want to come."—"No mercy!"—"No mercy? How do you talk?"

We ran headlong into the evening.

There was no daytime and no nighttime. Soon our waistcoats' buttons would be rubbing together like teeth, again we would be running, keeping a steady distance from each other, sheer fire in our mouths, like beasts in the tropics. Like heavy cavalry in old wars, stamping and high in the air, we drove each other down the short alley and, with such sprint in our legs, a farther stretch further up the main road. Some of us went down into the roadside ditch; hardly had they disappeared down the dark escarpment that they were already standing like strangers on the field path above and looked down.

"Come on down!"—"Come on up first!"—"So that you can push us down, we know better, we're not such fools."—"So you are cowards, you mean. Just come up!"—"Really? Afraid of the likes of you? You will just to push us down, won't you? Nice try!"

We made the assault and were pushed by the chest into the grass of the roadside ditch, tumbling on purpose. All was warm the same to us, we felt neither heat, nor cold in the grass, only one got tired.

Then, with an arm held obliquely, the legs askew, one thought to throw himself into the air again only to fall certainly into a still deeper ditch. And of all of this one never wanted to see an end.

As to how in the last ditch one would rightly sleep in the ultimate stretch, especially in the knees, it was something hardly thought of, and one simply lay on one's back, like ailing, inclined to weep a little.

We blinked, if now and then a boy, with elbows at the hips, jumped with his dark soles over our heads, leaping from the escarpment to the road.

The moon was already at some height in the sky, in its light a mail coach drove past. A faint wind rose all around, even in the ditch one could feel it, and nearby the forest began to rustle. Then one was no longer so keen to be there alone.

"Where are you?"—"Come here!"—"All together!"—"What are you hiding for, stop with this nonsense!"—"Don't you know that the mail is gone past already?"—"No way, past already?"—"Of course; it went past while you were sleeping."—"Me? Sleeping? Not a bit!"—"Oh, shut up, we can still see you were asleep."—"Oh, please!"—"Come!"

We ran close together, some of us holding hands, and one's head could not be held high enough, as now it was downhill. Someone whooped an Indian war cry; on our legs we galloped as never before, the wind lifted our hips as we leaped. Nothing could stop us; we were in such a run that even when overtaking others we could cross our arms and still quietly look around.

At the bridge over the torrent we came to a stop; those who had run past backed up. The water below beat against stones and roots, as if it were not already late evening. There was no reason why one would not jump onto the parapet.

From behind the bushes, in the distance, a railway train came past; all the carriages were lit up, the glass windows certainly lowered. One of us began to sing a popular tune, but we all felt like singing. We sang much faster, as the train passed, we swung our arms because our voices were not enough, our voices joined as in a jam of sounds in which we were at ease.

When one's voice blends with others in a song, it is like being caught on a fishhook.

So we sang, the forest in the back, for the ears of the distant travelers. The adults were still awake in the village; the mothers were making the beds for the night. It was already time.

I kissed the one next to me, just offered my hand to the three nearest, and began to run back home, nobody called me. At the first crossroads where they could no longer see me, I turned off and ran on the field paths into the forest again. I was aiming to that city in the south of which it was said in our village:

"There are people! Just think, they never sleep!"

"And why not?"

"Because they never get tired."

"And why not?"

"Because they're fools."

"And don't fools get tired?"

"How could fools get tired!"

Kinder auf der Landstraße

Ich hörte die Wagen an dem Gartengitter vorüberfahren, manchmal sah ich sie auch durch die schwach bewegten Lücken im Laub. Wie krachte in dem heißen Sommer das Holz in ihren Speichen und Deichseln! Arbeiter kamen von den Feldern und lachten, daß es eine Schande war.

Ich saß auf unserer kleinen Schaukel, ich ruhte mich gerade aus zwischen den Bäumen im Garten meiner Eltern.

Vor dem Gitter hörte es nicht auf. Kinder im Laufschritt waren im Augenblick vorüber; Getreidewagen mit Männern und Frauen auf den Garben und rings herum verdunkelten die Blumenbeete; gegen Abend sah ich einen Herrn mit einem Stock langsam spazierengehn, und ein paar Mädchen, die Arm in Arm ihm entgegenkamen, traten grüßend ins seitliche Gras.

Dann flogen Vögel wie sprühend auf, ich folgte ihnen mit den Blicken, sah, wie sie in einem Atemzug stiegen, bis ich nicht mehr glaubte, daß sie stiegen, sondern, daß ich falle, und fest mich an den Seilen haltend, aus

Schwäche ein wenig zu schaukeln anfing. Bald schaukelte ich stärker, als die Luft schon kühler wehte und selbst der fliegenden Vögel zitternde Sterne erschienen.

Bei Kerzenlicht bekam ich mein Nachtmahl. Oft hatte ich beide Arme auf der Holzplatte und, schon müde, biß ich in mein Butterbrot. Die stark durchbrochenen Vorhänge bauschten sich im warmen Wind, und manchmal hielt sie einer, der draußen vorüberging, mit seinen Händen fest, wenn er mich besser sehen und mit mir reden wollte. Meistens verlöschte die Kerze bald und in dem dunklen Kerzenrauch trieben sich noch eine Zeitlang die versammelten Mücken herum. Fragte mich einer vom Fenster aus, so sah ich ihn an, als schaue ich ins Gebirge oder in die bloße Luft, und auch ihm war an einer Antwort nicht viel gelegen.

Sprang dann einer über die Fensterbrüstung und meldete, die anderen seien schon vor dem Haus, so stand ich freilich seufzend auf.

»Nein, warum seufzst du so? Was ist denn geschehn? Ist es ein besonderes, nie gut zu machendes Unglück? Werden wir uns nie davon erholen können? Ist wirklich alles verloren?«

Nichts war verloren. Wir liefen vor das Haus. »Gott sei Dank, da seid ihr endlich!« — »Du kommst halt immer zu spät!« — »Wieso denn ich?« — »Gerade du, bleib zu Hause, wenn du nicht mitwillst.« — »Keine Gnaden!« — »Was? Keine Gnaden? Wie redest du?«Wir durchstießen den Abend mit dem Kopf. Es gab keine Tages- und keine Nachtzeit. Bald rieben sich unsere Westenknöpfe aneinander wie Zähne, bald liefen wir in gleichbleibender Entfernung, Feuer im Mund, wie Tiere in den Tropen. Wie Kürassiere in alten Kriegen, stampfend und hoch in der Luft, trieben wir einander die kurze Gasse hinunter und mit diesem Anlauf in den Beinen die Landstraße weiter hinauf. Einzelne traten in den Straßengraben, kaum verschwanden sie vor der dunklen Böschung, standen sie schon wie fremde Leute oben auf dem Feldweg und schauten herab.

»Kommt doch herunter!« — »Kommt zuerst herauf!« — »Damit ihr uns herunterwerfet, fällt uns nicht ein, so gescheit sind wir noch.« — »So feig seid ihr, wollt ihr sagen. Kommt nur, kommt!« — »Wirklich? Ihr? Gerade ihr werdet uns hinunterwerfen? Wie müßtet ihr aussehen?«

Wir machten den Angriff, wurden vor die Brust gestoßen und legten uns in das Gras des

Straßengrabens, fallend und freiwillig. Alles war gleichmäßig erwärmt, wir spürten nicht Wärme, nicht Kälte im Gras, nur müde wurde man.

Wenn man sich auf die rechte Seite drehte, die Hand unters Ohr gab, da wollte man gerne einschlafen. Zwar wollte man sich noch einmal aufraffen mit erhobenem Kinn, dafür aber in einen tieferen Graben fallen. Dann wollte man, den Arm quer vorgehalten, die Beine schiefgeweht, sich gegen die Luft werfen und wieder bestimmt in einen noch tieferen Graben fallen. Und damit wollte man gar nicht aufhören.

Wie man sich im letzten Graben richtig zum Schlafen aufs äußerste strecken würde, besonders in den Knien, daran dachte man noch kaum und lag, zum Weinen aufgelegt, wie krank, auf dem Rücken. Man zwinkerte, wenn einmal ein Junge, die Ellbogen bei den Hüften, mit dunklen Sohlen über uns von der Böschung auf die Straße sprang.

Den Mond sah man schon in einiger Höhe, ein Postwagen fuhr in seinem Licht vorbei. Ein schwacher Wind erhob sich allgemein, auch im Graben fühlte man ihn, und in der Nähe fing der Wald zu rauschen an. Da lag einem nicht mehr so viel daran, allein zu sein.

»Wo seid ihr?« — »Kommt her!« — »Alle zusammen!« — »Was versteckst du dich, laß den Unsinn!« — »Wißt ihr nicht, daß die Post schon vorüber ist?« — »Aber nein! Schon vorüber?« — »Natürlich, während du geschlafen hast, ist sie vorübergefahren.« — »Ich habe geschlafen? Nein so etwas!« — »Schweig nur, man sieht es dir doch an.«- »Aber ich bitte dich.« — »Kommt!«

Wir liefen enger beisammen, manche reichten einander die Hände, den Kopf konnte man nicht genug hoch haben, weil es abwärts ging. Einer schrie einen indianischen Kriegsruf heraus, wir bekamen in die Beine einen Galopp wie niemals, bei den Sprüngen hob uns in den Hüften der Wind. Nichts hätte uns aufhalten können wir waren so im Laufe, daß wir selbst beim Überholen die Arme verschränken und ruhig uns umsehen konnten.

Auf der Wildbachbrücke blieben wir stehn; die weiter gelaufen waren, kehrten zurück. Das Wasser unten schlug an Steine und Wurzeln, als wäre es nicht schon Spätabend. Es gab keinen Grund dafür, warum nicht einer auf das Geländer der Brücke sprang.

Hinter Gebüschen in der Ferne fuhr ein Eisenbahnzug heraus, alle Kupees waren beleuchtet, die Glasfenster sicher herabgelassen. Einer von uns begann einen Gassenhauer zu singen, aber wir alle wollten singen. Wir sangen viel rascher, als der Zug fuhr, wir schaukelten die Arme, weil die Stimme nicht genügte, wir kamen mit unseren Stimmen in ein Gedränge, in dem uns wohl war. Wenn man seine Stimme unter andere mischt, ist man wie mit einem Angelhaken gefangen.

So sangen wir, den Wald im Rücken, den fernen Reisenden in die Ohren. Die Erwachsenen wachten noch im Dorfe, die Mütter richteten die Betten für die Nacht.Es war schon Zeit. Ich küßte den, der bei mir stand, reichte den drei Nächsten nur so die Hände, begann, den Weg zurückzulaufen, keiner rief mich. Bei der ersten Kreuzung, wo sie mich nicht mehr sehen konnten, bog ich ein und lief auf Feldwegen wieder in den Wald. Ich strebte zu der Stadt im Süden hin, von der es in unserem Dorfe hieß:

»Dort sind Leute! Denkt euch, die schlafen nicht!«

»Und warum denn nicht?«

»Weil sie nicht müde werden.«

»Und warum denn nicht?«

»Weil sie Narren sind.«

»Werden denn Narren nicht müde?«

»Wie könnten Narren müde werden!«

There is...

There is a coming and a going
A rift and often no – see again

Es gibt...

Es gibt ein Kommen und ein Gehn
Ein Scheiden und oft kein – Wiedersehn

How Many Words...

How many words are in the book! They should remember! As if words could remember!

Because words are poor climbers, and poor miners. They do not fetch the treasures, neither from the mountain peaks, nor from the mountain depths.

But there is a live remembrance that looks upon great values passed here, gently as with a caressing hand. And when you stare within these ashes, the rising flames, glowing and hot, mighty and strong, as a magical spell, then - - -

But in this chaste remembrance, one cannot write with a clumsy hand and rough tools, one can do that only on these white, unpretentious sheets. That did I on September 4, 1900.

Wie viel Worte...

Wie viel Worte in dem Buche stehn! Erinnern sollen sie! Als ob Worte erinnern könnten!

Denn Worte sind schlechte Bergsteiger und schlechte Bergmänner. Sie holen nicht die Schätze von den Bergeshöhn und nicht die von den Bergestiefen.

Aber es gibt ein lebendiges Gedenken das über alles Erinnerungswerte sanft hinfuhr wie mit kosender Hand. Und wenn aus dieser Asche die Lohe aufsteigt, glühend und heiß, gewaltig und stark und Du hineinstarrst, wie vom magischen Zauber gebannt, dann − − − −

Aber in dieses keusche Gedenken, da kann man sich nicht hineinschreiben mit ungeschickter Hand und grobem Handwerkszeug, das kann man nur in diese weißen, anspruchslosen Blätter. Das that ich am 4. September 1900

Little Soul

Little soul
leap in the dance
lay in the warm air your head
lift your feet from the glimmering grass
drive the wind in delicate motion

Kleine Seele

Kleine Seele
springst im Tanze
legst in warme Luft den Kopf
hebst die Füße aus glänzendem Grase
das der Wind in zarte Bewegung treibt

The New Advocate

We have a new lawyer, Dr. Bucephalus. There is little reminiscence in his appearance of the time when he was once Alexander the Great's battle horse. However, those familiar with the circumstances noticed something. But even a simple court attendant, whom I saw the other day on the front steps of the Law Courts, a man with the skilled eye of the regular modern racetrack follower, was running an admiring eye over the advocate as he mounted the marble steps with a high action that made them reverberate beneath his feet.

In general, the Bar approves the admission of Bucephalus. With astonishing insight one tells oneself that, in today's society, Bucephalus is in a difficult situation, and therefore, considering also his importance in the history of the world, he deserves at least a friendly reception. Today - it cannot be denied - there is no Alexander the Great. There are plenty of men who know how to murder people; there is no lack of the skills needed to strike a friend with a lance over the banquet table; and for many Macedonia is too narrow, so that they curse Philip, the father - but no one, no one at all, can lead to India. Even in his days, the gates of India were unreachable, yet the King's sword pointed the way to them. Today the gates have receded to remoter and higher places; nobody shows the direction; many carry swords, but only to brandish them, and the eye that tries to follow them is confused.

So, perhaps, it is really best to do as Bucephalus has done, and absorb oneself in law books. In the quietness of the lamplight, his flanks unconfined by the thighs of a rider, free and far from the clamor of battles, he reads and turns the pages of our old tomes.

Der neue Advokat

Wir haben einen neuen Advokaten, den Dr. Bucephalus. In seinem Äußern erinnert wenig an die Zeit, da er noch Streitroß Alexanders von Mazedonien war. Wer allerdings mit den Umständen vertraut ist, bemerkt einiges. Doch sah ich letzthin auf der Freitreppe selbst einen ganz einfältigen Gerichtsdiener mit dem Fachblick des kleinen Stammgastes der Wettrennen den Advokaten bestaunen, als dieser, hoch die Schenkel hebend, mit auf dem Marmor aufklingendem Schritt von Stufe zu Stufe stieg.

Im allgemeinen billigt das Barreau die Aufnahme des Bucephalus. Mit erstaunlicher Einsicht sagt man sich, daß Bucephalus bei der heutigen Gesellschaftsordnung in einer schwierigen Lage ist und daß er deshalb, sowie auch wegen seiner weltgeschichtlichen Bedeutung, jedenfalls Entgegenkommen verdient. Heute - das kann niemand leugnen - gibt es keinen großen Alexander. Zu morden verstehen zwar manche; auch an der Geschicklichkeit, mit der Lanze über den Bankettisch hinweg den Freund zu treffen, fehlt es nicht; und vielen ist Mazedonien zu eng, so daß sie Philipp, den Vater, verfluchen - aber niemand, niemand kann nach Indien führen. Schon damals waren Indiens Tore unerreichbar, aber ihre Richtung war durch das Königsschwert bezeichnet. Heute sind die Tore ganz anderswohin und weiter und höher vertragen; niemand zeigt die Richtung; viele halten Schwerter, aber nur, um mit ihnen zu fuchteln, und der Blick, der ihnen folgen will, verwirrt sich.

Vielleicht ist es deshalb wirklich das beste, sich, wie es Bucephalus getan hat, in die Gesetzbücher zu versenken. Frei, unbedrückt die Seiten von den Lenden des Reiters, bei stiller Lampe, fern dem Getöse der Alexanderschlacht, liest und wendet er die Blätter unserer alten Bücher.

Passers-by

When at night we go for a walk, and a man, from afar already visible – as the street before us climbs uphill and there is a full moon – comes running towards us, we are not going to catch him, even if he is weak and ragged, even if someone is shouting and running after him; rather we will let him go and run off.

For it is night, and we can't help it if the street before us is uphill in the full moon; moreover, those two may perhaps have started that chase for their amusement; perhaps, they are both chasing a third one; perhaps, the first is innocent and the second wants to kill, and we would become accomplices of a murder; perhaps, they do not even know each other and are running on their own way to bed; perhaps they are sleepwalkers, or perhaps the first one is armed.

In the end, have we not the right to be tired, and have we not drunk so much wine? How glad we are when also the second one has disappeared from our sight.

Die Vorüberlaufenden

Wenn man in der Nacht durch eine Gasse spazieren geht, und ein Mann, von weitem schon sichtbar – denn die Gasse vor uns steigt an und es ist Vollmond – uns entgegenläuft, so werden wir ihn nicht anpacken, selbst wenn er schwach und zerlumpt ist, selbst wenn jemand hinter ihm läuft und schreit, sondern wir werden ihn weiter laufen lassen.

Denn es ist Nacht, und wir können nicht dafür, daß die Gasse im Vollmond vor uns aufsteigt, und überdies, vielleicht haben diese zwei die Hetze zu ihrer Unterhaltung veranstaltet, vielleicht verfolgen beide einen dritten, vielleicht wird der erste unschuldig verfolgt, vielleicht will der zweite morden, und wir würden Mitschuldige des Mordes, vielleicht wissen die zwei nichts von einander, und es läuft nur jeder auf eigene Verantwortung in sein Bett, vielleicht sind es Nachtwandler, vielleicht hat der erste Waffen.

Und endlich, dürfen wir nicht müde sein, haben wir nicht soviel Wein getrunken? Wir sind froh, daß wir auch den zweiten nicht mehr sehn.

The Author (Translator):

Alessandro Baruffi (b. 1973) is a writer, poet, and academic researcher in the fields of American, Germanic, and Russian literature.

His published works include: "Adua Mar" (2000, Poems), "Icarus" (2006, Poems), "Jersey Blues" (2007, Poems), "24 Racconti" (2008, Short Stories), "The Poems of Trieste and Five Poems for the Game of Soccer" (2013, Translation, Umberto Saba), "Lunga è la Notte" (2015, Novel), "The Forgotten amongst the Great: a Collection of the Best Poems Translated in English" (2015, Translation, Vincenzo Cardarelli), "The Tales of Franz Kafka" (2016, Translation, Franz Kafka), and "Le Poesie di Robert Frost nella Traduzione Italiana (2016, Translation, Robert Frost), and "Midnight 30, American Poems" (2016).

He has translated for international literary magazines various authors, such as: Franz Kafka, Robert Frost, Edgar Allan Poe, Emily Dickinson, Seamus Heaney, Antônio Álvares de Azevedo, Fernando Pessoa, Carlos Drummond de Andrade, Alfonsina Storni, Mikhail Yuryevich Lermontov, Nikolai Vasilievich Gogol, Marina Tsvetaeva, Konstantin Simonov, Umberto Saba, Vincenzo Cardarelli, Giovanni Pascoli, Gabriele D'Annunzio, Eugenio Montale, Giosuè Carducci, and Ada Negri.

Website: www.baruffi.me

Printed in Great Britain
by Amazon

80719226R00137